Gustave Aimard

Die Gambucinos

Gustave Aimard

Die Gambucinos

ISBN/EAN: 9783743448582

Hergestellt in Europa, USA, Kanada, Australien, Japan

Cover: Foto ©Andreas Hilbeck / pixelio.de

Manufactured and distributed by brebook publishing software (www.brebook.com)

Gustave Aimard

Die Gambucinos

I.

Mexiko aus der Vogelschau.

Als die Spanier zum ersten Male in Amerika landeten, fanden sie sich gleich Anfangs zweien mächtigen Reichen gegenüber, welche die neue Welt fast ihrer ganzen Ausdehnung nach einnahmen, — und deren feudale Organisation von einer wenigstens ebenso vorgeschrittenen Civilisation zeugte, wie diejenige der Europäer, obwohl in vollständig verschiedener Weise; diese beiden Reiche waren Peru und Mexiko.

Das Erstere im südlichen, das Letztere im nördlichen Amerika gelegen.

Um die Mitte des siebenten Jahrhunderts ließen sich die Tolteken, ein kriegerisches Volk, deren geheimnißvolle Wanderungen in einen undurchdringlichen Schleier gehüllt sind, in dieser Region des nördlichen Amerika's zwischen den beiden Oceanen nieder und gründeten das mächtige Reich der aben und von welchem ein äußerst kleiner Theil heute den mexikanischen Staat bildet.

Den Azteken waren in diesen Regionen die Chichimeken vorangegangen, deren unzerstörbare Denkmäler sie überall vorfanden, welche eine frühere, weit vorgeschrittene Bildungsstufe erkennen ließen und deren Kosmogonie, Künste, Gesetze und Kultus Werke schuf, ähnlich denen, wie man sie ehemals bei den Völkern des alten Continents angetroffen hat.

Die Azteken benutzten geschickt die von ihren Vorgängern begangenen Fehler, bemächtigten sich der Plateaux von Anahuac und Mechoagan, unterwarfen die Einwohner, und während sie die Sitten und Gewohnheiten der Besiegten annahmen, bemühten sie sich zugleich, dieselben auszurotten; dies gelang ihnen so gut, daß die Erinnerung an die Chichimeken auf diesem unermeßlichen Gebiete, welches sie zuerst erobert und der Barbarei entzogen hatten, heute fast gänzlich verwischt ist.

Das alte Mexiko, das heißt das Reich Moccuzoma's, hatte nicht die Ausdehnung, welche man später demselben zuschrieb: es war im Osten begrenzt durch die Flüsse Guazacualco und Tulpan, und im Westen durch die Ebenen von Soconusko und den Hafen von Zacatula; es umfaßte also den größten Theil des gegenwärtigen mexikanischen

Staates und hatte einen Flächeninhalt von 80,000 Quadrat-Kilometern.

Die Republiken von Tlancallan und Cholullan, die Königreiche Tezcuco und Mechoagan gehörten ebenfalls zu dem Plateau Anahuac, welches damals die ganze Gegend zwischen dem vierzehnten und einundzwanzigsten Breitengrade umfaßte, und in dessen Mitte Mexiko lag, die Hauptstadt des Moctecuzoma (gestrenger Herr) gehörenden Aztekenreiches.

Das spanische Vicekönigthum von Mexiko breitete sich von der Landenge von Panama bis nach Louisianna und dem Oregon aus; es schloß zwei große, deutlich unterschiedene Gouvernements ein: die Provinz Quatemala, welche heute die Republik von Mittelamerika bildet, die kürzlich durch die kühne Expedition des Freibeuters Walker zerstört worden ist, und das Vice-Königreich von Neu-Spanien oder Mexiko, mit Neu-Californien, Texas, Neu-Mexiko, jetzt den Vereinigten Staaten einverleibt, und Alles, was dieselben von Mexiko umfaßte.

Die ungeachtet ihrer allmählichen Verkleinerungen noch heute ausgedehnte mexikanische Republik erstreckt sich von dem fünfzehnten bis zweiundvierzigsten Grad nördlicher Breite und von dem neunundachtzigsten bis zum hundertsiebenundzwanzigsten Grad westlicher Länge. Sie ist im Osten begrenzt

den Meerbusen von Mexiko, in welchen die
üdlichen Theil befindliche Halbinsel Yukatan
uft, wo Grijalva im Jahre 1518 zum ersten
landete, und derselben den Namen Neu-
ien gab. Diese Halbinsel ist eingeschlossen
den beiden großen Buchten von Honduras
Campêche — im Süden durch die Republik
Quatemala; im Westen von dem stillen
n, worin Hauptvorgebirge das Cap Corrientes
as Cap Mendocino sind; endlich im Norden
größtentheils uncultivirte, den Vereinigten
en gehörende Gebiete und durch ihre alte
nz Texas, welche sie von Louisiana trennt.
anze Gegend bietet nichts als eine ununter-
e Kette unermeßlicher Savannen dar,
genannt, die heute noch fast ebenso unbe-
sind, wie zu der Zeit ihrer Entdeckung. Sie
keine bestimmten Grenzen und werden nach
lichtungen von unzähligen Stämmen Bravos-
ern durchstreift, welche in das Innere
undurchdringlichen Wildniß zurückgezogen,
m Eigensinn der Verzweiflung gegen die
der Civilisation kämpfen, die sich immer
sbreitet, sie von allen Seiten umgiebt und
ter Zeit damit enden wird, sie für immer
lingen.

gesammte Flächeninhalt des Bundesstaats
ungefähr 75,000 Quadratmeilen geschätzt.

Das Innere des Landes bildet ein ungeheures Plateau, welches sich 2,100 bis 3,000 Meter über den Meeresspiegel erhebt. Dieses Plateau ist in seinem südlichen Theile nur die Krönung der mexikanischen Cordilleren, welche, indem sie sich im Süden den Anden und im Norden dem Felsengebirge anschließen, zwischen diesen beiden großen Gebirgszügen, die sich bis an die äußersten Enden der beiden Amerikas erstrecken, eine Verbindungslinie bilden.

Diese Hochebene ist von Bergen durchschnitten, von denen die meisten vulkanischen Ursprungs sind; einige derselben erheben ihre mit ewigem Schnee bedeckten Gipfel bis zu einer Höhe von beinahe 8,000 Meter. Das Plateau senkt sich stufenweis gegen die Küste ab und nimmt bedeutend an Breite zu in dem nördlichen Gebiete, wo seine Höhe sich unmerklich vermindert.

Unter den wichtigsten und höchsten Vulcanen von Mexiko steht in erster Linie der Iztacihualt (die weiße Frau) von 4,790 Meter Höhe; der Popocatepelt (rauchender Berg) von 5,400 Meter; der Cetlaltepelt oder Pic von Orizaba von 5,300 Meter; der Nevado-de-Toluca und der Naucanpotepelt oder Coffre-de-Perote, welche eine Höhe von 4,090 Meter erreichen.

Diese Vulcane, welche auf der Hochebene von Anahuac liegen, zwischen Mexiko und den kleinen

Städten Xalapa und Cordoba, ruhen wie auf einem ungeheuren Sockel und bilden fünf große Kegel, welche mit den höchsten Gipfeln der neuen Welt rivalisiren.

Ebenso unterscheidet man von Mexiko und Puebla die beiden erstern, deren imposante Spitzen und Umrisse ihrer mit glänzendem Schnee bedeckten Gipfel sich kräftig von dem Blau des Himmels abheben. Die mexikanischen Cordilleren tragen mit gutem Recht den ihnen beigelegten Namen Sierra=Madre, ohne Zweifel wegen ihrer mittlern Lage. Sie führen im Nordwesten auf die Städte von Guanajuato und San=Miguel. Im Norden dieser Städte dehnen sie sich auf eine große Fläche aus und theilen sich in drei Zweige. Der östliche Theil verliert sich in dem alten Königreich Leon; der westlichste endigt an dem Ufer des Gila, nachdem er theilweise das Gebiet von Guadalajara und Sonora durch= schnitten hat; der mittlere Zweig zieht sich durch den Staat Zacatecas seiner ganzen Länge nach, wo seine höchsten Spitzen die verschiedenen Wasser= läufe theilen, welche sich in beide Meere er= gießen.

Das geologisch merkwürdigste dieser Berge ist die porphyrhaltige Felsmasse, welche in der Haupt= kette vorherrscht.

In den in der Nähe des atlantischen Oceans

befindlichen Zweigen zeigt sich der Granit; der Hafen von Acapulco ist in diese Felsmasse gebauen, welche ebenfalls den Grundbestandtheil der Berge von Zacateca und Micteca in dem Saate Oajaca bildet. Die große Mittelhochebene von Anahuac ist nur ein ungeheurer Damm von porphyrhaltigen Felsen, die sich von denen in Europa durch den gänzlichen Mangel an Quarz und durch den Gehalt von Hornblende unterscheiden.

Die Umgegend von Guanajuato verdankt ihr romantisches Aussehen den gygantischen porphyrhaltigen Felsen der Sierra-de-Santa-Rosa, welche von fern gesehen, verfallenen Basteien und Mauern gleichen. Die Organos von Actopan, bei Mananchoto, gleichen einem alten von der Basis ausgebrochenen Thurme, dessen Fuß schmäler sein würde als der Gipfel. Auf den Bergen von Jacal und Oyamel findet man noch immer Säulen von Trapp-Porphyr.

Der Izlistein oder schwarze Marmor, aus dem die alten Mexikaner ihre Schneidcinstrumente verfertigten, wurde aus diesen Bergen gewonnen.

Auf der Hochebene von Anahuac findet man auch vorherrschend den Basalt, den Trapp, die Mandelsteine, den Gyps und den Urkalk, welcher die großen Gold- und Silberlager einschließt.

Kupfer und Zinn kommt in den Staaten Valladolid und Guanajuato, in den innern Provinzen vor, in Guadalajara und Zacatecas giebt es Eisen im Ueberfluß, San-Luis-de-Potosi ist reich an Steinsalz; fast auf allen Puncten findet man Zink, Spießglas, Quecksilber und Arsenik; Kohle hat man bis jetzt nur in Neu-Mexiko angetroffen.

Obwohl viele Krater geöffnet sind, so kommen die vulkanischen Ausbrüche und Erdbeben, so häufig auf den Ufern des stillen Oceans, viel seltener im Innern Mexiko's vor; und seit dem Jahre 1759, zur Zeit, als der Vulcan Jorullo plötzlich, von einer Menge kleiner rauchender Kegel umgeben, aus der Erde emporstieg, hat keine neue Katastrophe dieser Art stattgefunden, obgleich das auf verschiedenen Stellen gehörte unterirdische Getöse zu beweisen scheint, daß das ganze Gebiet zwischen dem achtzehnten und zweiundzwanzigsten Grade innere Feuer einschließt, welche von Zeit zu Zeit die Kruste des Erdballs in einer großen Entfernung von den Ufern des Meeres durchbrechen.

Mexiko ist in drei vollkommen getrennte Regionen eingetheilt: die Gebiete der heißen Zone oder tierras calientes, die der gemäßigten Zone oder tierras templadas, und endlich die der kalten Zone oder tierras frias. Wir wollen jedoch beiläufig erwähnen, daß die Temperatur dieser letzten Region beinahe dieselbe ist, wie die in Mittelitalien. Man kann sich daher leicht eine Vorstellung machen, wie das Clima in den heißen Gegenden ist, welche

nur zwei Jahreszeiten kennen, die Regenzeit und
die trockene Jahreszeit. Der Winter existirt für diese
Gegenden nicht, die demzufolge für die Kinder unsers
rauhen Europa's fast immer tödtlich sind oder werden
müssen, wie wir das bald beweisen werden.

Am Fuße der mexikanischen Hochländer dehnt
sich ein Gürtel von Ebenen aus, die schmal im
Süden, sich mehr und mehr gegen Norden erweitern.
Die beiden Abhänge jener Hochebene, von der
wir vorher sprachen, haben nicht dieselbe Abschüssig-
keit. Daher fallen die Länderstrecken zwischen Vera-
Cruz und Mexiko nach dem atlantischen Meere zu
schroffer ab, als diejenigen zwischen Mexiko und
Acapulco nach dem großen Ocean. Nach Vera-Cruz
zu reist man viel längere Zeit auf der Höhe des
Plateau's, da der Abhang von Perote nach Ja-
lapa und von dort nach Rinconada fast beständig
steil abfällt. „Dort," sagt Herr von Larenaudière,
„ist es leicht, eine Vorstellung von den getrennten
Climaten und der verschiedenen Cultur dieses
seltsamen Landes zu gewinnen." Eben so wie die
Gewächse sich gleichsam stufenweise verändern, so ver-
wandelt sich Alles, je weiter man hinaufsteigt; der
Anblick des Himmels, die Physiognomie des Landes,
das Aussehen der Pflanzen und selbst die Art der
Cultur und Sitten der Bewohner.

Mexiko vereinigt die Flora aller Länder in sich,
die der heißesten wie der kältesten: die Indiens,

Italiens, Frankreichs und selbst Schwedens und Rußlands. Früchte von Asien, Blumen aus dem Orient; den Nopal, auf welchem das Cochenille-Insect lebt, der Maguey, der dem Indianer jenen berauschenden Trank liefert, welchen er so leidenschaftlich liebt, mit einem Wort, die heilsame Jalape, die mexikanische Salbey, die duftende Vanille, welche den Balsamstrauch und den Liquidembar in den Schatten stellt; die dornigen Sträucher, welche den Copahu und Tolubalsam geben; den langschotigen Pfeffer und Piment; dann Indigo, Cacao, Zuckerrohr, Reis und Mais. Ferner die Baumwollenstauden und Tabakpflanzen, unermeßliche Wälder von Liquidembars, Fichten, Eichen, Mahagoni-Bäumen, geäderten Campeche- und Gajacbäumen u. s. w. und alle jene reizenden Blumen, wie die Dalhia, den Helicantus, die zarte Menzelia, welche, in Frankreich acclimatisirt, heute der Schmuck unsrer Gärten sind.

Leider sind die heißen Länder, wo man den größten Theil dieser prächtigen Erzeugnisse der Pflanzenwelt antrifft, diejenigen, in denen der Vomito-negro herrscht, welcher um Mexiko einen unübersteiglichen Gürtel bildet, der es besser schützt, als die disciplinirteste Armee gegen die Eingriffe des europäischen Ehrgeizes, aber auch die Fortschritte der Civilisation durch das Fernhalten der Fremden verhindert.

Das gelbe Fieber oder Vomito-negro wüthet fast auf sämmtlichen Küsten der beiden Oceane, aber hauptsächlich in dem Staate von Vera-Cruz, auf der Halbinsel Yucatan, auf den Küsten von Oaxaca, in den Seeprovinzen des alten Santander, in dem ganzen ehemaligen Königreiche von Leon, auf den Küsten von Californien, in dem westlichen Theile von Sonora, Cinaloa und Neu-Galizien, in den südlichen Staaten von Mexiko, Mechoacan und Puebla; in dem Hafen von Acapulco und in den Thälern des Papagallo und des Peregrino, Länder, in denen die Luft beständig heißer und demnach ungesunder ist. Auf dem Abhange der Cordilleren, in einer Höhe von zwölfhundert Meter ändert sich die Temperatur und wird gemäßigt; ewiger Frühling entfernt alle diese Krankheiten; dort kennt man weder brennende Hitze noch scharfe Kälte; das Thermometer steigt niemals höher als achtzehn oder zwanzig Grad, dann endlich kommen die mehr als zweitausend Meter über dem Meeresspiegel liegenden Plateaux, die sogenannten kalten Länder.

Im Allgemeinen ist die gemäßigte Temperatur des ganzen großen Plateau's, von dem die Thäler von Mexiko und Actopan ein Theil sind, siebzehn Grad, während in den höchsten Regionen, deren absolute Höhe 2,000 Meter übersteigt, die Luft sich niemals über sieben oder acht Grad erwärmt.

Indessen ist zu bemerken, daß, ungeachtet dieser

drei so verschiedenen Climate, welche sich in Mexiko theilen, für die Europäer, denen es geglückt ist, sich an die heiße Region zu gewöhnen und die ersten Angriffe des kalten Fiebers zu überwinden, die Temperatur der Tierra-caliente vortheilhafter ist als die der andern Regionen. Sie sichert gleichsam gegen alle Krankheiten und macht kräftiger, eine sonderbare Erscheinung, für welche wir, wenn es nöthig sein sollte, zahlreiche und unverwerfliche Belege liefern könnten.

Ungeachtet der vielen Vorzüge, welche wir versucht haben, aufzuzählen, fehlt es heute Mexiko im Allgemeinen an Wasser und es besitzt nicht einen einzigen schiffbaren Fluß.

Der Rio-Colorado-del-Norte und der Rio-Gila sind die beiden einzigen Ströme von einiger Bedeutung. Sämmtliche Flüsse der Aequinoxialgegend sind nur klein, obwohl ihre Mündungen von beträchtlicher Breite sind. Es giebt nicht einen jener prächtigen Ströme, wie die Vereinigten Staaten so glücklich sind, deren zu besitzen. Die Cordilleren senden viel mehr Bäche als Flüsse aus. Die sehr häufigen Regen im Innern und noch mehr die bedeutende Höhe des Bodens, welche die Ausdünstung beschleunigt, verursachen plötzliches Anschwellen, welches furchtbare Ueberschwemmungen herbeiführt, die jedoch mit eben so großer Schnelligkeit, wie sie gekommen, wieder verlaufen und unter dem

sogleich wieder fest gewordenen Boden verschwin=
den.

Mexiko ist reich an Seen, unter denen wir den
ungeheuren See von Chapala erwähnen wollen,
ferner die Seen von Patzacaro, Meztillan, Parras
und die des Thales von Mexiko; aber sie sind nur
die Ueberreste jener ausgedehnten Bassins, die
früher in den Hochebenen der Cordilleren vorhan=
den gewesen zu sein scheinen. Der größte Theil
von ihnen vermindert sich von Jahr zu Jahr,
und Mexiko bietet jetzt nicht mehr den grünen
Anblick dar, welcher die spanischen Eroberer ver=
führte und sie in ihrem Enthusiasmus veranlaßte,
diesem Lande zur Erinnerung an ihr Vaterland
den Namen Neu=Spanien zu geben.

Die Küsten sind fast an allen Stellen sehr
schwer zugänglich für die Schiffe, und es fehlen
überall sichere Rheden und gute Häfen; der Küsten=
strich im Osten ist niedrig, ungesund, sumpfig, ver=
sengt durch eine glühende Sonne und sehr wenig
bewohnt; seine kränkliche und rhachitische Bevölkerung
vermindert sich täglich. Die Flüsse und selbst
die Haupthäfen sind durch Sandbänke verstopft.
Tampico und Soto=la=Marina haben unter andern
nicht mehr als zehn Fuß Wassertiefe.

Was den westlichen Theil anbetrifft, der viel
höher liegt und demnach gesünder ist, so kann man
ihn in Wahrheit nur einen ausgedehnten Wall

steiler und unfruchtbarer Felsen nennen. Dennoch findet man dort zwei gute Häfen, Acapulco und Samblas. Dieser Letztere hat seit einigen Jahren eine gewisse Bedeutung erlangt, welche sich Dank seiner glücklichen Lage und der Sicherheit seiner Rhede nur vermehren kann. Indessen müssen wir hinzufügen, daß die Küsten Mexiko's oft von Stürmen heimgesucht sind, und daß die heftigen Winde aus Nordost, Nordwest und Südwest, welche während einiger Monate des Jahres mit Ungestüm auftreten, die Landung der Schiffe an diesen Küsten, in denen es von Untiefen wimmelt, nicht allein gefährlich, sondern fast unmöglich machen.

Hier folgt eine kurze Uebersicht über die Topographie Mexiko's, dieses so reichen Landes, von so mächtiger Vegetation, in welcher sich alle Reichthümer der Erde vereinigt finden, das aber dennoch verurtheilt zu sein scheint, mit jedem Tage mehr in Verfall zu gerathen, bis es endlich dahin gekommen sein wird, seine kaum wiedergewonnene Nationalität zu verlieren und den Vereinigten Staaten einverleibt zu werden. Soldaten der Letztern haben bereits in seiner Hauptstadt campirt und wenn die europäischen Mächte sich nicht vorsehen, werden sie endlich vollständig die Stelle der mexikanischen Bevölkerung einnehmen, in Folge jenes unerbittlichen, hartnäckigen Kampfes, den die lateinische

Race gegen die gewaltsamen Einfälle der angel=
sächsischen in der neuen Welt unterhält.

Die Spanier waren, unabsichtlich vielleicht, dem
von den Tolteken angenommenen System gefolgt,
als sie, nach der Besiegung der Chichimeken das
Reich Mexiko gründeten. Die europäischen Eroberer
hatten so viel wie möglich versucht, die aztekische
Nationalität zu vernichten, sei es dadurch, daß sie
den Indianern eine Religion, andere Gebräuche
und sogar eine fremde Sprache auflegten, oder
dadurch daß sie die Besiegten wie Raubthiere ver=
jagten und die mexikanische Aristokratie zwangen,
sich durch Heirathen mit derjenigen der Eroberer
zu verschmelzen. Diese Politik hatte ihre Früchte
getragen. Der König von Spanien wurde in
Amerika fast wie ein Gott betrachtet, dem es un=
möglich war, zu widerstehen. Ein Zug mit Gold
oder Silber beladen, durfte ohne Escorte unge=
straft das ganze Gebiet Neu=Spaniens passiren,
sobald die spanische Fahne darauf gesteckt war.
Dieser Glaube an die Allmacht des Königs wurde
noch befestigt durch das Verbot in Bezug auf die
spanischen Besitzungen, nach welchem kein Fremder
dieselben bei Todesstrafe betreten durfte. In der
tiefsten Unwissenheit erhalten, was in ihrer Nähe
vorging, von einer viehischen Barbarei umgeben,
kümmerten sich die Mexikaner wenig um den an=
deren Tag, da sie keine Hoffnung hatten, jemals

die schweren Ketten, welche sie fesselten, gebrochen zu sehen. Ihre Religion war durch dummen Aberglauben ersetzt worden.

Gebeugt unter das unversöhnliche Joch einer stolzen Aristokratie wurde die eigentliche indianische Race, welche wenigstens zwei Drittel der Bevölkerung bildet, in einer tausendmal schlimmeren Dienstbarkeit erhalten als die schmachvollste Sclaverei, denn sie zerstört nicht allein den Körper, sondern tödtet auch die Seele.

Der Aufstand von Aranjuez im Jahre 1808, welcher die Rücksendung des Prinzen und die Abdankung Karl's des IV. entschied, versetzte der königlichen Autorität in den spanischen Colonien den ersten Stoß. Ein absoluter König, der gezwungen war, das Haupt vor einigen Aufrührern zu beugen, war eins jener Ereignisse, welches das monarchische Gefühl bei den Colonisten schwächen mußte. Dann, als einige Zeit nachher der feindliche Einfall in die Halbinsel durch den Kaiser Napoleon die Occupation Spaniens, die Gefangennahme des Königs und der Sturz der alten Dynastie stattfand, verschwand Alles am Namen Spaniens haftende Blendwerk in dem Geiste der Mexikaner, welche bis dahin geglaubt hatten, daß das große Reich des sechszehnten Jahrhunderts, der Schrecken der ganzen Welt, noch geachtet und gefürchtet dastand. Damals trat die Verachtung an die Stelle der Furcht, und der Verlust seiner Colonien war unvermeidlich für Spanien, dessen Kraft eher in der moralischen Stütze bestand, welche ihm der Glaube der Colonisten verlieh, als in dem Respect, der hervorgerufen wurde durch einige Truppen, die auf diesem unermeßlichen Gebiete in großer Entfernung von einander zerstreut waren. Sobald die Amerikaner Spanien als seines alten Ranges enthoben und nur noch als eine Provinz Frankreichs, als ein ketzerisches, mit Dämonen bevölkertes Land betrachteten, hielten sie sich, um so mehr da der König abgedankt hatte, nach dem Hauptprincip der spanischen Rechtslehre, welche sagt, daß die Colonien der Krone und nicht dem Staat gehören, natürlich von ihrer Pflicht gegen ihn entbunden, und das letzte Band, welches die Amerikaner fesselte, war zerrissen.

Vergebens suchten der Centralausschuß und später die Regierung den Sturm durch weise Maßregeln zu beschwören, indem sie die Gleichheit des Rechts in dem Mutterstaate und Amerika proclamirten und durch das Decret vom 5. Juni 1809 die Colonien für integrirende Theile der Monarchie erklärten; nichts konnte den Ausbruch verzögern. Am 8. Juli 1808 brachte eine Corvette die französischen Journale mit, welche den Sturz der Bourbonen und die Thronbesteigung Joseph Buonaparte's meldeten. Der ohne Instructionen gelassene Vicekönig beging den Fehler — obwohl er ihn sogleich verbesserte —

diese Nachrichten zu veröffentlichen, und eine Procla=
mation zu erlassen, in welcher er mit seiner Treue
für den König Ferdinand dagegen Verwahrung ein=
legte und die Unterstützung der guten Bürger forderte.
Diese Redensart war unbestimmt, aber die Colonisten,
die daran gewöhnt waren, für Nichts angesehen zu
werden, fühlten sich durch dieses in sie gesetzte Ver=
trauen geschmeichelt; die Proclamation wurde mit
Begeisterung aufgenommen, die Menge rief: Tod
den Franzosen! den Gringos! (Ketzern) wie man
sie nannte.

Unglücklicherweise wurde diese aufrichtige Be=
wegung der Bevölkerung, aus der man hätte Nutzen
ziehen können, fast unmittelbar durch eine Reihe
von Fehlern, hervorgerufen durch den Stolz der
Spanier, neutralisirt; und der Haß gegen die Unter=
drücker erwachte um so lebendiger.

Die Unverschämtheit ging so weit unter den
Beamten des Staats, daß Didor Bataller, einer
der aufbrausendsten Mitglieder der Versammlung,
sich nicht scheute, in der Sitzung auszusprechen, daß er,
ebenso wenig wie er ein Schuhflicker in Castilien
oder ein Maulthiertreiber in La Manche sein möchte,
berechtigt sein würde, die Colonien zu beherrschen.

Der Kampf stand bevor, auf beiden Seiten
bereitete man sich auf denselben vor. Die Spanier
waren auf allen Puncten gerüstet; die Amerikaner,
durch die europäischen und angelsächsischen Auf=

wiegler der vereinigten Staaten erregt und unterrichtet, gründeten geheime Gesellschaften. Die Verschwörung gegen Spanien war an der Tagesordnung. Ein erster Versuch scheiterte, mehre Personen wurden gefangen genommen. Der Vicekönig Vanegas, welcher inzwischen ankam, machte das Uebel (anstatt demselben vorzubeugen) noch schlimmer, indem er ohne Ueberlegung Würden und Ehren an die Anhänger Spaniens vertheilte.

Alles war bereit, das große revolutionäre Drama sollte beginnen. Seltsam! es war ein Mitglied der Geistlichkeit, welches zuerst den Kampfplatz betrat, wohin so viele andre Priester demselben folgen sollten, um gleich diesem als ein Opfer ihres Patriotismus' zu sterben: Hidalgo, der Pfarrer des kleinen Dorfes Dolores, gab das Signal und warf sich tapfer auf die alten spanischen Schaaren, an der Spitze einer Menge indisciplinirter Indianer, die nur mit Schleudern, Bogen, Keulen und Stöcken bewaffnet waren, und aus Mangel an Disciplin jene wilde Energie und Verachtung der Gefahr besaßen, welche sie so große Dinge vollbringen ließ und sie so gefürchtet machte in allen Wandelungen eines Krieges, welcher, im Jahre 1810 begonnen, erst im Jahre 1821 enden sollte, obwohl bis 1825 eine spanische Garnison Gebieterin der Festung San=Juan=d'Uloa blieb.

Nun, nachdem wir diese lange Einleitung be=

ndet haben, die indessen für das vollkommene Ver=
ständniß unserer Erzählung nothwendig ist, wollen
wir dem Leser offen gestehen, daß wir sonst nicht
die Gewohnheit haben, unsern Büchern eine lange
Vorrede vorangehen zu lassen. Wir sind jedoch
von vielen Personen gebeten worden, ihnen bestimmte
Berichte über eine so entfernte und so wenig be=
kannte Gegend zu geben, auf welche in diesem
Augenblick sich mit lebhaftester Angst die Blicke
der Eltern und Freunde unsrer tapfern Soldaten
richten, welche seit drei Jahren in diesem Lande
so glorreich die Ehre des französischen Namens auf=
recht erhalten, daß wir nicht die Kraft fühlten,
diesen Bitten zu widerstehen. Wir wollten den Ver=
such machen, ihre Besorgnisse zu beruhigen, indem
wir durch eine wahre Zeichnung Mexiko's so viel
wie möglich Licht über dasselbe zu verbreiten suchten.

Nachdem wir diese Erklärung abgegeben, wollen
wir unsere Erzählung beginnen.

II.

Der Student der Theologie.

Dank dem von den ersten Spaniern eingesetzten und von der Regierung des Mutterstaates bis zur letzten Stunde der Emancipation mit Eigensinn festgehaltenen System, befinden sich die alten spanischen Colonien der neuen Welt noch heute, nach vierzig Jahren der Freiheit, in einem Zustand der Barbarei, Unwissenheit und Dummheit, aus dem sie vielleicht niemals wieder herauskommen werden.

Für jeden treuen Christen, welcher in Mexiko reist, ist die Religion, welche in diesem Lande gelehrt wird, vollständig unbekannt, wofern man nicht diesen Namen einem Gemisch von Katholicismus und Heidenthum giebt, welches Keiner versteht und in manchen entfernten Provinzen Diejenigen, welche es lehren, weniger als irgend Jemand.

Uebrigens haben die Indianer, welche zwei Drittel der mexikanischen Bevölkerung ausmachen, den Glauben ihrer Väter unberührt bewahrt, und sind nur scheinbar Christen; aller moralischen Unterweisung beraubt, zu plötzlich emancipirt, um die Gesetze der gegenseitigen menschlichen Verpflichtung kennen gelernt zu haben, werden sie selbst nur schwach durch die Bande der Familie gefesselt; sie erklären die Freiheit durch die Zügellosigkeit und den Patriotismus durch den blinden Haß des Fremden.

Dennoch ist die mexikanische Race stark und intelligent, die, gut geleitet, bald ein großes Volk werden würde; denn sie besitzt im höchsten Grade den Instinct für Gutes und Schönes; in Ermangelung anderer Beweise würden der heldenmüthige Kampf, den sie gegen Spanien unterhalten hat, die edlen Charaktere, welche während dieses Kampfes aus den Reihen der Insurgenten hervorgingen, genügen, um sie endlich aufkommen zu lassen.

Mit einem Wort, die Mexikaner sind Kinder, welche danach streben, Männer zu werden; fast alle ihre Laster sind ihnen eingeflößt worden durch ihre Unterdrücker, während ihre Tugenden — und sie haben deren zahlreiche — ihnen so eigenthümlich sind, daß es den Spaniern, ungeachtet einer langen Tyrannei von drei Jahrhunderten nicht gelungen ist, sie derselben zu berauben.

Indem wir für einen Augenblick die Gegenwart dieses armen, der Nachsicht und des Mitleids so würdigen Volkes verlassen, wollen wir einige Schritte zurückgeben und eine der unbekanntesten Episoden aus diesem heroischen Kriege der mexikanischen Unabhängigkeit mittheilen, eine Episode, welche, obgleich vielleicht mit Absicht durch die verschmähende Geschichte vergessen, dennoch von einer Wichtigkeit und ungeheuern Tragweite war für die Epoche, in der sie sich ereignete, weil sie dem spanischen Einfluß den letzten Schlag versetzte und den Sieg zu Gunsten der edlen Kämpfer der Freiheit entschied.

Uebrigens darf uns dieses geringschätzende Vergessen nicht in Erstaunen setzen: zu allen Zeiten ist es ebenso gewesen. Die Geschichte sieht nur die Hauptereignisse, sie gruppirt und ordnet sie, so gut es geht, nach ihrem Gefallen, ohne sich um die Art zu kümmern, wie sie entstanden sind, noch um die verborgenen, oft niedrigen Ursachen, welche die unsichtbaren Triebfedern derselben gewesen; allein die Resultate sind Alles für die Geschichte, ihre trockene Analyse gestattet nicht die Erzählung von den menschlichen Leidenschaften; und dennoch sind es diese edeln oder gemeinen, diese großen oder erbärmlichen Leidenschaften, welche, so lange die Welt besteht, jene ungeheuern Fluthen herbeiführten, die so oft die Gestalt der Erdkugel verändert haben.

An einem Mittwoch der ersten Hälfe des Monats December 18.., zwischen zwei und drei Uhr Nachmittags folgte ein junger Mann von fünf- bis sechsundzwanzig Jahren, der die schwarze Tracht

Priesterrock, den weißen Kragen, den Hut à la
Bazile — auf einem kräftigen pfirsichblüthfarbenen
Maulthiere im raschen Trabe dem rechten Ufer
des Rio-Grande-del-Norte, einer der prächtigsten
Flüsse Mexiko's, welcher heute das Land Texas von
der Apacheria trennt.

Es war eine der malerischesten Gegenden, durch
welche der Reisende kam, aber der junge Mann
hatte den Hut tief in die Augen gedrückt, den Kopf
auf die Brust geneigt und schien der Landschaft
keine Aufmerksamkeit zu schenken; sei es, daß er
dieselbe seit langer Zeit kannte und deshalb keinen
neuen fesselnden Reiz darin erblickte, oder sei es,
was wahrscheinlicher ist, daß der zu dieser Zeit
herrschende Krieg, der seit so vielen Jahren diese
unglückliche Gegend verwüstete, vollständig seine
Gedanken in Anspruch nahm, ihn so gleichgiltig
gegen Alles machte, was um ihn her vorging, und
unfähig, die malerischen Wirkungen der prächtigen
Landschaft zu bewundern, welche, wie ein unge=
heures Kaleidoscop, sich unaufhörlich vor seinen
Augen entrollte.

Er spornte unaufhörlich den schon schnellen Lauf
seines Pferdes an, um so rasch wie möglich die
kleine Stadt oder vielmehr den großen Flecken von
Paso-del-Norte zu erreichen, dessen coquette Häuser
in geringer Entfernung auf demselben Ufer des

Flusses erschienen, halb verborgen in einer Gruppe von verschiedenartigen Bäumen.

Paso-del-Norte ist ein altes Präsidio, der ehemals durch die Spanier gegründet wurde, auf der Grenze des Staates Chihuahua, am Eingang der Apacheria, um die Einfälle der Bravos-Indianer aufzuhalten.

Dank seiner Isolirung auf dieser entfernten Grenze, war er bisher den schrecklichen Folgen des Bürgerkrieges entgangen, welcher Mexiko schon seit so vielen Jahren verwüstete; seine in Wahrheit wenig zahlreichen Bewohner — es waren höchstens fünfzehnhundert — lebten glücklich und friedlich, gleichgültig gegen Das, was um sie herum vorging.

Je mehr sich indessen der Student dem Präsidio näherte, um so weniger beeilte er den Lauf seines Pferdes, welches er im Gegentheil zurückzuhalten begann. Er hatte den Kopf aufgehoben und blickte mit wachsender Unruhe um sich.

Es herrschte das tiefste Schweigen, die vollständigste Ruhe in der Gegend; so weit das Auge nach allen Richtungen reichte, bemerkte man keine lebende Seele.

Diese seltsame Einsamkeit in der Umgegend eines wichtigen Pueblo, der von zahlreichen Ranchos umgeben war, mußte dem Reisenden mit Recht außerordentlich erscheinen.

„Was geht denn hier vor?" sprach er halblaut

zu sich selbst, „ich weiß nicht, weshalb ich ein Unglück ahne! Ich habe beinahe Furcht!"

Nach diesem Selbstgespräch ließ der Student der Theologie seinem Pferde den Zügel schießen, setzte ihm die Sporen in die Weichen und gab ihm einen so heftigen Schlag, daß das edle Thier, trotz seiner Müdigkeit sogleich wieder in Galopp verfiel.

Bald erreichte der Reisende die Guarita oder Barrière des Präsidio.

In gewöhnlichen Zeiten blieb diese Guarita beständig offen, in diesem Augenblick war sie geschlossen, ein spanischer Soldat, mit der Flinte über der Schulter, ging hinter der Barrière auf und ab.

Der junge Mann sah sich gezwungen, Halt zu machen."

„Oh! oh!" sprach er zu sich selbst, „das wird ernst." —

Als der Wachtposten den einige Schritte von ihm haltenden Reiter bemerkte, machte er rechtsumkehrt, stellte den Kolben seiner Flinte auf die Erde und rief, nachdem er den Fremden mit spöttischer Miene geprüft hatte, in rauhem Tone:

„Wer da?"

„Gut Freund," antwortete der junge Mann.

„Gut Freund von wem und von was, wenn's beliebt?" erwiderte der Soldat in grobem Scherz.

„Freund des Friedens!" entgegnete sanft der junge Mann.

"Freund des Friedens, hm!" meinte der Soldat immer spöttischer werdend.

"Schaut meine Tracht an, Sennor Soldat."

"Der Anzug bedeutet nichts, Gefährte, das wissen Sie eben so gut wie ich," versetzte er, indem er den Unbekannten mit scherzendem Ausdruck maß.

Der junge Mann biß sich zornig auf die Lippen; aber er hielt es ohne Zweifel für vorsichtiger, seine Gefühle zu unterdrücken.

"Wer sind Sie und was wollen Sie hier?" fing der Soldat nach einem kurzen Schweigen von Neuem an, "suchen Sie mir offen zu antworten, wenn Sie nicht wünschen, daß ich Ihnen eine Kugel in den Kopf sende."

"Ich bin Licentiat der Theologie und komme von Guadelajara, wo ich meine letzten Prüfungen für die Priesterschaft bestanden habe, um, bevor ich die Weihe empfangen, einige Tage bei meinen Verwandten, welche diese Stadt bewohnen, zuzubringen.

"Hm!" murmelte achselzuckend der Soldat, "das Alles ist nicht sehr klar; Ihr seid ein Bursch, der zu einem Stierkämpfer paßt, welcher, anstatt dem Könige zu dienen, wie es ein loyaler Unterthan thun sollte, ..."

"Indem ich Gott diene, diene ich dem König," entgegnete demüthig der Student.

"In der That, das geht mich nichts an; und wie heißt dieser sogenannte Verwandte, zu dem Sie sich begeben wollen, wie Sie behaupten?"

„Ich behaupte nichts, Sennor Soldat," versetzte der Andere mit Sanftmuth, „ich gehe in der That zu diesem Verwandten, welcher nichts Geringeres ist als der Alcade des Präsidio's, der Sennor Don Ramon Ochoa."

Der Soldat zog die Brauen zusammen.

„Eine schlechte Empfehlung, die Sie da haben, mein Kamerad," sprach er, „der Sennor Ochoa ist verdächtigt, daß er im Geheimen zur Rebellion neigt."

„Das ist eine infame Verläumdung," rief lebhaft der junge Mann, „der Sennor Ochoa ist ein würdiger Mann, der sich nicht mit Politik beschäftigt."

„Es ist möglich, allein dies ist die Sache unsrer Chefs."

So sprechend, hatte der Soldat die Barrière geöffnet.

Der Student war im Begriff hineinzureiten.

„Hören Sie," sagte der wachthabende Posten zu ihm, und hielt das Maulthier am Zügel fest, „ich weiß nicht, weshalb, aber auf Ehre Ruiz Ortega's! — so heiße ich nämlich — Sie interessiren mich und ich möchte Ihnen, bevor wir uns trennen, einen guten Rath geben."

„Er soll willkommen sein, da er von Euch

kommt," antwortete der junge Mann, und er neigte sich mit etwas schlauem Ausdruck auf den Hals seines Maulthiers.

„Sie machen auf mich den Eindruck eines gutmüthigen Menschen, es würde mir leid sein, wenn Ihnen ein Unglück widerführe. Sie sind jung, kräftig, gut gebaut, glauben Sie mir, werfen Sie diesen abscheulichen Priesterrock, der zu nichts Anderem gut ist, als um die Vögel zu erschrecken, in's Feuer und legen Sie die Casacke an, dies wird unter allen Umständen vortheilhafter für Sie sein."

„Dank, Herr Soldat," gab der Student mit feinem Lächeln zur Antwort, „Niemand kann die Zukunft voraussehen, vielleicht werde ich Ihren Rath eher befolgen, als Sie selbst es denken."

„Sie werden recht haben; es ist das einzig mögliche Metier, welches Nutzen bringt, besonders in der Zeit, in welcher wir leben."

„Lebt wohl, Herr Soldat."

„Auf Wiedersehen, Herr Student."

Der Posten schloß die Barrière wieder und nahm seine Thätigkeit wieder auf, sehr erfreut über diesen Zwischenfall, welcher die langweilige Einförmigkeit derselben unterbrochen hatte, während der junge Mann sich im kurzen Trabe durch eine Seitenstraße entfernte.

In der Mitte des Tages wird die Hitze in

Mexiko so intensiv, daß die Straßen der Städte und Dörfer vollständig öde sind, die Bewohner schließen sich in ihre Häuser ein und suchen Kühlung darin. Indessen fühlt man hinter diesen Mauern, so hermetisch verschlossen sie auch sein mögen, immer das Leben pulsiren: Gesang, Lachen und Musik dringen durch die Sommerläden und vergitterten Balcons; man merkt, daß diese Straßen nicht ausgestorben, sondern sich nur dem Schlafe überlassen haben, und daß sobald der Abendwind sich erhebt, Thüren und Fenster sich öffnen werden und das augenblicklich eingestellte Leben wieder seinen Lauf beginnen und von allen Seiten hervorbrechen wird.

An diesem Tage blieben, obgleich die größte Hitze schon vorüber war, die Häuser dennoch geschlossen, die Straßen leer und der auf den spitzigen Kieseln wiederhallende Hufschlag des Maulthiers des Studenten, unterbrach allein das düstere Schweigen, welches in dem Präsidio herrschte.

Nach mehren Umwegen vernahm der Reisende einen unbestimmten Lärm, der sich mit jedem Augenblick vermehrte und bald die Proportionen eines Festes oder einer Emeute annahm. Es war ein Gemisch von Geschrei, Gelächter, Seufzern, Bitten, heitern Liedern, begleitet von den schrillenden Tönen der Guitarre, Schüssen, militairischen Commandos und Stampfen von Pferden.

„Ach! ich glaube, daß ich endlich etwas erfahren werde," sprach dumpf der junge Mann.

Er lenkte entschlossen in eine ziemlich schmale Gasse, und gelangte fast augenblicklich auf die Plaza-Mayor.

Dort bot sich plötzlich seinen Blicken ein eben so außerordentliches wie unerwartetes Schauspiel dar.

In der Mitte des Platzes hatte ein Detachement von ungefähr zweihundertfünfzig spanischen Reitern, von denen, welche die Mexikaner spottweise Tamarindos nennen, wegen ihrer gelben Uniform, ein provisorisches Lager errichtet.

Diese Soldaten waren der Schrecken der unglücklichen Bewohner der Städte und Dörfer, welche sie besuchten; denn rohe Gewaltthat, Brandstiftung und Plünderung waren ihre Lieblingssünden, und sie ließen nur Trümmer und Leichen hinter sich.

Die durch die zerbrochenen Möbel, Pfähle und Dachsparren der Häuser genährten Bivouacfeuer färbten die Mauern mit mächtiger rother Gluth.

Die bequem auf ihren Butacas und Schaukelstühlen sitzenden Soldaten ließen sich durch die Einwohner von indianischem oder mexikanischem Ursprung bedienen, und versetzten ihnen Peitschenhiebe auf Lenden und Schultern, um — wie sie lachend sagten, sie wieder munter zu machen.

bis zum Leib in der Streu stehenden
fraßen mit vollem Munde die Vorräthe
und Mais, welche den Hacienderos mit
geraubt worden waren.

dem Kirchportal war eine Art Tribunal
t worden; der das Detachement comman=
Capitain saß hinter einem Tische und rich=
Gegenwart der Offiziere — die wirkliche
gesichter hatten und mit namenlosen Lumpen
t waren — ohne Appellation die armen
, welche zitternd und verwirrt von den Sol=
ihm fortwährend vorgeführt wurden.

iese Unglücklichen, deren Verbrechen in der
ldung beruht, und deshalb sogar in den
ihrer improvisirten Richter um so erwiesener
sahen sich größtentheils zu schweren Geldbußen
theilt, welche, bei Strafe sofort gehängt zu
en, sie augenblicklich bezahlen mußten.

Uebrigens war diese letzte Drohung nichts
ger als illusorisch; man konnte sich davon
t überzeugen, wenn man die Blicke auf die
kons der Häuser richtete, wo bereits mehre
ußliche Gruppen von Leichnamen schwebten.

In dem Augenblick, wo der junge Student
Theologie an der Ecke des Platzes Halt machte,
hienen vor dem gefürchteten Tribunal zwei
rsonen, geführt von mehr als halb trunkenen
ldaten.

Diese beiden Neuangeklagten waren der Alcade des Pueblo, Don Ramon Ochoa und der Geistliche der Kirche von Paso=del=Norte, der Pater Don José Antonio Linares.

Die Haltung der beiden Männer war, ohne herausfordernd zu sein, sicher, fest und würdig.

Als der Student der Theologie sie bemerkte, faßte er einen plötzlichen Entschluß. Er stieg ab und seinen Maulesel bei dem Zügel führend, trat er entschlossen auf den Platz, entfernte einige Pferde durch Peitschenhiebe, befestigte sein Thier bei dem dichtesten Alfalfa und Mais und schritt dann ruhig in der Richtung der Kirche weiter.

Der junge Mann hatte Alles dies mit einer solchen Gemächlichkeit ausgeführt, das Keiner sein Verfahren bemerkte.

Dank seiner Tracht, gelang es ihm demnach, ohne Schwierigkeit durch die Gruppen von Trinkern und Tänzern zu gleiten, und sich hinter den Pater Linares zu stellen, ohne daß dieser ihn bemerkte, der ohne Zweifel mit der schlimmen Lage be= schäftigt war, in der er sich befand.

Das Verhör der Angeklagten hatte begon= nen.

„Ihr seid der Alcade, und Ihr der Pfarrer dieses Pueblo," sagte der Commandant, indem er sich wechselsweise an die beiden Männer wandte.

„Ja, Herr Capitain," antworteten sie und verneigten sich.

„Ich habe über Euch Berichte erhalten, die von den getreuen Freunden des Königs ausgehen und demnach glaubwürdig sind, die Euch als verdammte Rebellen darstellen," sprach der Offizier und strich seinen Schnurrbart mit einer furchtbaren Miene.

„Diese Berichte haben gelogen," entgegnete entschlossen der Alcade, „wir sind im Gegentheil treue Unterthanen; überdies denkt hier Niemand daran, sich mit Politik zu beschäftigen."

„Wenn das Land in Aufruhr ist, sollen die redlichen Leute nicht neutral bleiben," bemerkte der Offizier mit donnernder Stimme; „Diejenigen, welche nicht für den König sind, sind gegen ihn."

„Ihre Folgerung ist nicht logisch," versetzte der Alcade und zuckte die Achseln.

„Wie? Dieser Kerl wagt zu raisonniren, glaube ich," sprach der Commandant mit einem verächtlichen Blick.

„Sie urtheilen nicht vernünftig, Sie machen Ausfälle."

„Wessen klagt man uns an?" fragte der Pater Linares, welcher einsah, daß der Alcade durch seine Antworten ihre Lage noch kritischer machte, als sie bereits war.

„Ah! ah! Herr Pater," entgegnete hohnlachend

der Offizier, „Ihr wollt die Beschuldigungen kennen lernen, die auf Euch lasten, wie?"

„Ich gestehe, Herr Capitain, daß ich glücklich sein werde, sie zu kennen, um darauf antworten und ihre Unrichtigkeit beweisen zu können," erwiderte friedlich der Pfarrer.

„Wohlan, so vernehmt, daß Ihr angeklagt seid, Verbindungen mit den Insurgenten zu unterhalten."

„Das ist sehr unbestimmt," unterbrach ihn der Pater.

„Es ist noch etwas Anderes."

„Ah!"

„Ja, man klagt Euch außerdem an, wiederholt den Insurgentenhäuptlingen Zuflucht gewährt zu haben, man geht selbst so weit, zu behaupten, daß mehre von ihnen in diesem Augenblick in diesen Pueblo versteckt sind; aber sollte ich Eure sämmtlichen Hütten Stück für Stück niederreißen, so schwöre ich Euch, bei Christo, daß ich diese verdammten Rebellen entdecken werde, und wären sie im Innern der Erde verborgen!"

„Nennt man die Namen der Insurgentenhäuptlinge, denen wir, wie man behauptet, Asyl gegeben haben?"

„Man nennt die Namen von zweien dieser verdammten Rebellen."

„Und diese sind?"

„José Moreno und Incarnacion Ortiz; zwei

Banditenhäuptlinge, welche Anhänger der Guerilla des Verräthers Mina sind. Was habt Ihr darauf zu antworten?"

„Nichts, wenn nicht, daß diese Anklage ganz einfach absurd ist," sagte geradezu der Alcade.

„Teufel!" schrie der Capitain und schlug zornig mit der Faust auf den Tisch, „zu wagen, mir so zu antworten, mir, dem Don Horacio Nunnez-de-Balboa! Dies verdient eine exemplarische Strafe und sie wird nicht auf sich warten lassen."

In diesem Augenblick trat der Student der Theologie leise zwischen den Alcaden und den Pfarrer, grüßte achtungsvoll den Capitain und sagte mit einer schwachen Stimme:

„Verzeihung, Herr Commandant; wünschen Sie sich wohl dieses Don José Moreno und Don Incarnacion Ortiz zu bemächtigen?"

Als der Alcade und der Pfarrer den jungen Mann bemerkten und den Ton seiner Stimme vernahmen, fuhren sie unmerklich zusammen.

„Woher kommt dieser Bursche? Was will er von uns?" rief der Capitain überrascht.

„Ich bin kein Bursche, sondern ein armer Student der Theologie, Herr Capitain," antwortete demüthig der junge Mann; „ich komme in diesem Augenblick im Präsidio an, wo ich einige Tage bei meinem Onkel, dem ehrenwerthen Alcaden Don Ramon Ochoa, zubringen will."

„Da kommt Ihr gerade zur rechten Zeit, um dem Henken Eures Onkels beizuwohnen, Herr Student," versetzte höhnend der Offizier. „Aber ich bitte Euch, was hat Eure Rede gemein mit der Sache, welche wir verhandeln?"

„Weil, wenn Sie es vielleicht wünschen sollten, Sennor Capitain, ich Ihnen einige Mittheilungen über diesen Gegenstand machen könnte."

„Ah bah! so laßt hören, wenn's beliebt."

„Ja, ich glaube, nur wenige Meilen von hier die beiden Männer getroffen zu haben, welche Sie suchen."

„Moreno und Ortiz?" rief der Capitain aus, plötzlich interessirt.

„Verständigen wir uns, Herr Capitain; was den Don Incarnacion Ortiz betrifft, so bin ich dessen gewiß; mit Don Moreno dagegen ist es etwas Anderes."

„Wie dies?"

„Sie wissen, da Sie Tigrero in ihrer Hacienda waren," sagte er mit einer leichten Färbung von Spott, „daß Vater und Sohn denselben Namen tragen; von welchem sprechen Sie?"

Die Offiziere ließen ein unterdrücktes Lachen hören bei dieser unangenehmen Eröffnung, welche der schwache und schlaue Student der Theologie mit einer naiven Miene machte, die einen Heiligen hätte in Verzweiflung bringen können.

Der Capitain biß auf seinen Schnurrbart und

rollte seine wüthenden Augen, um den Lachern Schweigen zu gebieten.

„Ich glaube, der Bursche will meiner spotten," sprach er in drohendem Tone.

„Keineswegs, Herr Capitain; ich versuche nur, Ihnen die Nachricht zu geben, welche Sie wünschen."

„Hm! Du kennst sie also?"

„Fast eben so gut wie Sie sie selbst kennen, obgleich ich nicht in ihrem Dienst gewesen bin."

„Noch einmal!" rief der Capitain. „Hüte Dich, Picaro! Du hast eine zu lange Zunge, dies wird Dir einen schlechten Streich spielen."

„Ich werde schweigen, wenn Sie es mir befehlen."

„Sprich; aber beschränke Dich, meine Frage ohne Commentare zu beantworten. Wer begleitete Incarnacion Ortiz, der Vater oder der Sohn?"

„Der Sohn."

„Bist Du dessen gewiß?"

„Vollkommen gewiß."

„Reiste nicht eine Frau mit ihnen?"

„Nein."

„Wohin gingen sie?"

„Nach der Hacienda=de=la=Caja."

„Hier so in der Nähe?"

„Ja, kaum zwei Meilen entfernt; es ist wahrscheinlich, daß sie von Ihrer Anwesenheit im Pueblo nichts wissen, sonst würden sie sich wohl gehütet haben, so weit in dieser Richtung vorzudringen."

„In der That. Haben sie viel Begleitung bei sich?"

„Hundert Rancheros höchstens."

„Und keine Frauen?"

Der junge Mann schien verwirrt zu werden.

„Ich glaube nicht," sagte er.

„Hm! Du bist dessen nicht sicher. Höre mich wohl an: Was Du mir mittheilst, kann wahr sein; ich würde meine Pflicht versäumen, wenn ich nicht suchte, daraus Nutzen zu ziehen; aber Du kannst mich auch belogen haben, denn Du scheinst mir ein sehr listiger Bursche zu sein. In diesem Falle verdienst Du eine Strafe; ich will Dich daher in den Händen behalten, um Dich zu belohnen oder zu bestrafen, je nach dem Ausgang der Sache. Du wirst mir als Führer dienen."

„Das ist mir ganz erwünscht, Herr Capitain, um so mehr, da ich diese beiden Männer eben so wenig liebe und nicht böse darüber sein würde, ihnen einen Streich zu spielen."

„Es ist gut; ich werde Dich benachrichtigen lassen, sobald es Zeit sein wird. Bei Deinem Kopf verlasse das Haus Deines Onkels nicht, bevor Du eine neue Ordre erhältst."

„Ich werde gehorchen."

„Was Euch betrifft, Sennores," sprach der Capitain zu dem Alcaden und dem Geistlichen, „so will ich Nachsicht mit Euch haben, bis ich weitere

Nachrichten erhalte. Kehret nach Hause zurück und wachet vor Allem darüber, daß es meinen Soldaten weder an Lebensmitteln noch an Branntwein fehlt."

Darauf wandte er sich zu den um ihn stehenden Soldaten und befahl mit rauher Stimme:

„Laßt die anderen Angeklagten vortreten."

III.

Incarnacion Ortiz.

Der Alcade Don Ramon Ochoa und der Pater Linares hatten sich eilig in der Menge verloren, ohne Zweifel glücklich darüber, so guten Kaufs davon gekommen zu sein.

Der Student der Theologie folgte ihnen gemächlich, nachdem er vorher sein Maulthier losgebunden hatte, und dieses am Zügel mit sich führte.

Der Gang über die Plaza-Mayor nach dem Pfarrhause wurde schweigend zurückgelegt. Die drei Personen schienen zu fürchten, sich ihre Gedanken mitzutheilen.

Das Pfarrhaus war eine reizende Wohnung, welche zwischen Hof und Garten lag und fast vollständig in der Mitte eines Buschwerks von Blumen und Laub verborgen war. Ohne abzuwarten, daß man ihn dazu einlud, trat der Student in das Haus.

Der junge Mann vertraute sein Pferd einem Peonen und folgte dem Alcaden und dem Geistlichen in einen niedrigen Saal, dessen verwüstetes Meublement einen ganz kürzlich stattgehabten Besuch der spanischen Soldaten verrieth.

Sobald die Thür hinter dem Studenten geschlossen war, stieß der Sennor Don Ramon einen inneren Riegel vor, steckte den Schlüssel in seine Tasche, näherte sich dann rasch dem jungen Manne und redete ihn rauh mit folgenden Worten an:

„Jetzt, da wir allein sind, Caballero, hoffe ich, daß Sie uns sagen werden, wer Sie sind?"

„Wer ich bin?" entgegnete lachend der junge Mann; „bei Gott! Ihr sehr respectvoller Neffe, mein lieber Onkel."

„Ich habe keinen Neffen, Sennor, und Sie wissen es wahrscheinlich besser als sonst Jemand. Verschonen Sie mich also mit Ihrer Heiterkeit, ich bitte Sie, es ist keine freudige Zeit, denke ich."

„Sie sollten sich offen erklären, junger Mann," setzte auch der Pfarrer hinzu.

„Das ist mein Wunsch; aber bevor ich spreche, möchte ich wissen, ob ich dies mit Sicherheit thun kann."

„Was wollen Sie sagen?"

„Ah! Sie sehen wohl, daß es leichter ist, zu fragen, als zu antworten, Sennores," sagte er lachend mit scherzender Miene, und er streckte sich ohne Umstände in einem Fauteuil aus, der zufällig in seiner Nähe stand.

„Ich verstehe Sie nicht, fing der Pfarrer wieder an.

„Ich auch nicht," fügte der Alcade hinzu.

„Ich will deutlich sein. Für wen sind Sie?"

„Wie?" fragte der Pfarrer.

„Wie beliebt?" sagte der Alcade.

„Mit einem Wort, sind Sie für den König oder für das Volk?"

„Teufel!" entgegnete der Alcade, „das ist eine ernste Frage."

„Ich finde, daß dieselbe sehr in Verlegenheit setzt," fügte der Pfarrer hinzu.

„Das betrübt mich, allein, es ist mir unmöglich, in nähere Details einzugehen, bevor ich von Ihnen, Sennores, eine offene und bestimmte Antwort erhalten habe."

Man schwieg. Augenscheinlich überlegten die beiden Männer; der Student belauschte sie aus einem Winkel seines Auges, während er vollständig davon in Anspruch genommen zu sein schien, eine Cigarre zu wickeln.

„Aber wenn Sie ein Verräther wären?" sagte endlich Don Ramon gerade heraus.

„Sie sind einfältig, Sennor Alcade," antwortete der junge Mann achselzuckend.

„Ei, das Anerbieten, welches sie dem spanischen

Commandanten gemacht haben, ihm Don José Moreno und Don Internacion Ortiz in die Hände zu liefern, veranlaßt mich nicht, Ihnen das Vertrauen zu beweisen, welches Sie fordern, das gestehe ich Ihnen."

Der junge Mann brach in ein Gelächter aus, ohne den geringsten Respect für seine ehrenwerthen Wirthe.

„Nun," sagte er, „ich sehe, daß ich es durchaus sein muß, der Ihnen das Beispiel der Offenheit giebt."

„Ja, lassen Sie hören," sprach schlau der Alcade, indem er dem Pfarrer ein Zeichen des Einverständnisses machte.

„So schauen Sie mich an," fuhr der junge Mann fort, und er nahm seinen Hut à la Bazile ab und zu gleicher Zeit die Perrücke, welche ihm fast bis auf die Augen ging.

Eine vollständige Verwandelung war augenblicklich in dem Aeußern des jungen Mannes bewirkt.

Es war ein wirklicher Theatercoup.

„Incarnacion Ortiz!" riefen die beiden Männer mit einer an Schreck grenzenden Ueberraschung.

„Ich selbst, Sennores," antwortete noch immer lachend der junge Mann. „Aber sprechen Sie leiser, der Ort ist in diesem Augenblick nicht gut für mich."

„Unglücklicher," rief der Priester aus und faltete schmerzlich die Hände, „mein Gott, welche Unvorsichtigkeit! Wenn Sie jetzt in dieser Situation entdeckt würden?"

„So würde ich gehenkt werden," fiel er ihm sorglos in's Wort. „Aber darum handelt es sich nicht. Werden Sie sich jetzt noch weigern, mir zu antworten?"

„Nein, sicherlich nicht, und wir werden eben so offen sein, wie Sie es gewesen sind," sagte der Alcade. „Ich bin für das Volk."

„Ich bin für Gott und mein Land," fügte der Pfarrer hinzu.

„Ich wußte es, Sennores," erwiderte der junge Mann, indem er seine Perrücke und seinen Hut wieder aufsetzte; das ist der Grund, warum ich keine Furcht hatte, Sie aufzusuchen. Aber vor Allem, lieber Don Ramon, wollen Sie die Güte haben und Befehl geben, daß sämmtlicher Mezcal und Refino-de-Cataluna, der in dem Pueblo zu finden ist, nach der Plaza-Mayor geschafft und an die Tamarindos vertheilt wird. Später werde ich Ihnen erklären, welche Wichtigkeit ich an diese Mittheilung von geistigen Getränken knüpfe."

„Es sei, ich will mich ohne Verzug mit der Ausführung Ihrer Bitte beschäftigen, und dies selbst, ohne zu versuchen, Ihre Absicht zu errathen, so groß ist mein Vertrauen, lieber Don Incarnacion."

„So ist es recht, aber seien Sie unbesorgt, ich arbeite für die gute Sache, beeilen Sie sich, zu uns zurückzukehren, die Zeit drängt und wir haben noch einige wichtige Dispositionen zu treffen. Sobald Sie zurückkehren werden, will ich Ihnen den Plan, welchen ich ersonnen habe, mittheilen, dem Sie, wie ich hoffe, Beide zustimmen werden, Sennores."

„Ich bitte nur um eine Viertelstunde Zeit, ist dies zu viel?"

„Nein, gehen Sie, ich erwarte Sie hier, während Ihrer Abwesenheit werde ich mit dem Pfarrer plaudern."

Der Alcade lief beinahe, so sehr lag ihm daran, bald zurückzukommen.

„Nun zu uns Beiden," begann der junge Mann von Neuem, indem er den Pater Linares fest anblickte. „Sie wissen," fuhr er fort, „daß wenn das Interesse des Vaterlandes mich veranlaßt hat, hierherzukommen, ein noch wichtigerer Grund mich antrieb, mich in dieses Präsidio einzuführen, nicht wahr?"

„Ich verstehe beinahe, was Sie sagen wollen, Don Incarnacion; ich habe mein Versprechen treulich gehalten."

„Also Donna Linda und ihr Vater?"

„Sind in Sicherheit; gleich nach der Ankunft der Spanier sind sie durch mich und Don Ramon in einen Schlupfwinkel gebracht worden, der im Voraus bereit war, und uns Allen bekannt ist."

„Sie schwören mir, daß sie an dem Orte, von dem Sie sprechen, keine Gefahr laufen, entdeckt zu werden.

„Auf mein Seelenheil! Ich schwöre es Ihnen, Sennor," antwortete der Geistliche mit fester Stimme.

„Ich glaube Ihnen, denn ich kenne Ihre Ergebenheit für sie; Sie wissen, daß dieser Capitain Balboa und die Kerle, welche ihn begleiten, keine spanischen Soldaten sind, sondern Banditen der schlimmsten Art."

„Das vermuthete ich nach ihrem Verfahren in unserm unglücklichen Pueblo; aber was ist zu thun?"

„Geduld, ich kenne den Grund, der diesen Balboa hierbergeführt hat."

„Die Lust zum Plündern."

„Ja, und seine Liebe für Donna Linda."

„Himmel? wäre es möglich!" rief Jener, und faltete entsetzt die Hände.

„Beruhigen Sie sich; wenn Gott mich hierbergeführt hat, so geschah es, weil er nicht wollte, daß die Pläne dieses Banditen gelingen sollten. Kann ich Don José Moreno und seine reizende Tochter sehen?"

„Dies wäre eine Unvorsichtigkeit, Sennor Don

Incarnacion; bedenken Sie, daß dieser elende Balboa jetzt seine Augen auf Sie gerichtet hat. Wenn ein augenblicklicher Zufall ihm Ihren Namen verriethe, würde für Jene und für Sie Alles verloren sein."

„Was liegt mir am Sterben!" rief der junge Mann aus.

„In der That, Sennor Don Incarnacion Ortiz," antwortete der Pfarrer mit einer Feierlichkeit, die dem heißblütigen jungen Mann imponirte, „der Tod ist nichts, sobald er zu seiner Zeit kommt, wenn das Werk, dem man sein Leben gewidmet hat, erfüllt ist und man demnach ohne Furcht vor Gott erscheinen kann."

„Sie haben Recht; ich werde also warten, weil es sein muß," unterbrach ihn der Parteigänger, plötzlich durch diese etwas ernste Ermahnung beruhigt, „aber sobald unsere Arbeit beendet sein wird, bei Gott! . . . ."

„Dann, Sennor, werden Sie nach Ihrem Gefallen handeln, und ich schwöre Ihnen auf Ehre, daß ich, weit entfernt, Sie zurückhalten zu wollen, Ihnen mit aller Macht beistehen werde."

„Ich zähle auf Ihr Wort, Herr Pater."

„Sie werden mich immer bereit finden, es zu halten."

„Haben Sie Dank. Und nun denken wir nur noch an unsere heilige Sache."

„Ach!" seufzte trübe der Pfarrer.

Da ging die Thür auf und der Alcade trat ein.

„Schon zurück?" rief der junge Mann erfreut.

„Sie sehen, daß ich keine Zeit verloren habe, Don Incarnacion."

„Nein gewiß nicht, ich erkenne Ihre Pünctlichkeit und Schnelligkeit an. Aber, sagen Sie mir, haben Sie eine ansehnliche Quantität Branntwein an diese würdigen Tamarindos vertheilt?"

„Ich habe nach der Plaza-Mayor genug Mezcal und Refino schaffen lassen, um ein ganzes Regiment trunken zu machen."

„Um so besser, Sennor Don Ramon, mögen sie trinken; je mehr sie trinken, um so besser wird es sein."

„Sie wissen, Sennor Ortiz, daß ich Sie nicht verstehe."

„Bah! das beunruhige Sie nicht, bald werden Sie mich verstehen, das verspreche ich Ihnen. Bemerkt man unter den Soldaten schon einige Anzeichen der Trunkenheit."

„Ei! sie waren schon vor meiner Ankunft ziemlich berauscht, wie Sie sich selbst haben überzeugen können, der Zuwachs an Branntwein, welchen ich ihnen gesandt habe, kann den Rausch nur beenden, denke ich."

erwägen Sie meine Worte; denn die Zeit drängt und ich werde es Ihnen nicht wiederholen können. Ich habe die Absicht, mich noch heute Nacht von der verdammten Escadron des Capitain Balboa loszumachen. Schon zu lange hat dieser nichtswürdige Gachupine diese Provinz ausgesogen und geplündert; es ist Zeit, dem ein Ziel zu setzen; überdies habe ich bestimmten Befehl von dem Congresse erhalten, endlich mit ihm zu Ende zu kommen. Ich darf also nicht zurückweichen, jetzt muß ich um jeden Preis handeln."

„Das ist sehr schwierig."

„Nicht so sehr, wie Sie voraussetzen. Alle meine Maßregeln sind getroffen, aber ich gestehe Ihnen, daß ich zur Ausführung meines Planes Ihrer Mitwirkung bedarf, Sennores."

„Sie steht Ihnen ohne Beschränkung zu Gebote; was ist zu thun?" erwiderte der Alcade, indem er den Kopf zweifelnd schüttelte.

„Fast nichts. Es ist offenbar, daß heute Abend sämmtliche Tamarindos trunken sein werden. Nichts wird daher leichter sein, als sich ihrer Pferde und Waffen zu bemächtigen."

„Ich theile ihre Meinung nicht; Viele werden berauscht sein, aber die Andern, die unter dem Commando guter Offiziere stehen, gut bewaffnet und disciplinirt sind, werden sich leicht an unsern armen Indianern rächen."

„Ich erwartete, daß Sie dies Bedenken haben würden, Don Ramon. Sind alle Guaritas des Pueblo geschlossen?"

„Alle, und was mehr ist, sie sind durch starke spanische Detachements besetzt."

„Ich glaube mich indessen zu erinnern, daß es eine Art Graben giebt, durch welchen es möglich ist, sich unbemerkt in den Pueblo einzuführen."

„In der That."

„Und er ist nicht bewacht?"

„Wie sollte er! Die Gavachos kennen den Paso nicht.

„Wohlan, Sie werden an diesem Orte einen sichern Mann aufstellen, und heute Nacht, genau um zehn Uhr, wird sich ein Detachement von fünfhundert Reitern unter meiner und Don Pedro Moreno's Anführung durch diesen Graben in die Stadt einführen und Ihnen Beistand bringen."

„Ihre Cuadrilla ist also wirklich in der Umgegend des Pueblo?"

„Gewiß, die beste Diplomatie ist, niemals zu lügen, demnach habe ich dem Capitain Balboa die strengste Wahrheit gesagt, allein anstatt uns zu überraschen, wie er es hofft, wird er Derjenige sein, der überrascht wird."

„Ah! bei Gott! das wird ein vortrefflicher Spaß sein!" rief der Alcade.

„Nicht wahr? — und gut ersonnen."

4*

„In der That, allein ich sehe ein ernstes Hinderniß für das Gelingen dieses Handstreichs."

„Welches?"

„Ich denke daran, daß Sie selbst den Tamarindos bei der projectirten Expedition als Führer dienen sollten."

„Oh! das beunruhige Sie nicht, ich habe meine Vorkehrungen getroffen; und jetzt, nachdem wir Alles besprochen haben, auf Wiedersehen Sennores."

„Wie, auf Wiedersehen, speisen Sie nicht mit uns zu Mittag?"

„Vielleicht," entgegnete lachend Don Incarnacion, „allein ich ziehe es vor, mich durch den spanischen Commandanten einladen zu lassen."

Und ohne noch ein Wort hinzuzufügen, ließ er seine beiden Mitschuldigen zurück, erschreckt über seine Kühnheit, seine Heiterkeit und sein unerschütterliches Vertrauen auf den Erfolg einer so gewagten Ueberrumpelung.

Kaum einige Schritte von dem Hause sah sich der Parteigänger, in einem Augenblick, wo er es am wenigsten erwartete, dem spanischen Commandanten gegenüber, der, von seinen Offizieren gefolgt, kam.

„Ah! Herr Student," redete der Capitain ihn , indem er ihm in den Weg trat, „wohin gehen Sie denn?"

„Ei, Herr Commandant," gab Ortiz mit schlauem Lächeln zur Antwort, „wenn ich es Ihnen offen gestehen muß, ich suche zu Mittag zu speisen."

„Wie, zu speisen? Und ist Ihr Onkel, der würdige Alcade zufällig....."

„Mein Onkel," unterbrach ihn lachend der junge Mann, „hat mir die Thür gewiesen und mich aufgefordert, zu meinen guten Freunden, den Spaniern, zu gehen und sie um ein Mittagessen zu bitten, ich wiederhole Ihnen seine eigenen Worte, ohne mir zu erlauben, etwas daran zu ändern."

„Ah!" meinte der Commandant und runzelte die Stirn, „hat er dies gesagt, der würdige Alcade? Nun, er soll nicht zum Lügner werden, Eure guten Freunde, die Spanier, laden Euch ein; allein die Mahlzeit wird bei Eurem Onkel stattfinden und, bei Gott, er selbst wird die Kosten tragen."

„Bravo, das ist herrlich," riefen die Offiziere lachend aus.

„Sie erweisen mir viel Ehre, Herr Commandant," antwortete der junge Mann mit gut gespielter Verwirrung, „aber ich weiß wirklich nicht, ob es mir möglich sein wird, diese freundliche Einladung anzunehmen."

„Und warum sollten Sie dieselbe ausschlagen, Herr Student?"

„Weil ich eine entsetzliche Furcht habe, mich

dadurch völlig mit meinem Onkel zu entzweien, da er ein reicher Mann ist und ich sein einziger Erbe bin; nach dem, was jetzt bereits zwischen uns vorgefallen ist, gestehe ich Ihnen, daß ich fürchte...."

„La, la, la," unterbrach ihn heiter der Offizier, „Ihr seid ein netter Bursche, Ihr gefallt mir, ich übernehme es, Frieden zu stiften zwischen Euch und Eurem Onkel, seid unbesorgt."

„Wenn es so ist, habe ich Ihnen nur zu folgen, Commandant."

„Kommt, Ihr werdet sehen, daß er uns gut aufnehmen wird."

Fünf Minuten später trat der Capitain Don Horacio de Balboa in das Haus des Alcaden in Begleitung seiner Offiziere und gefolgt von Incarnacion Ortiz, welcher heimlich lächelte, indem er den Verlegenen spielte.

Don Ramon Ochoa war ziemlich unangenehm überrascht durch diesen neuen Einfall: er konnte die Anwesenheit des Parteigängers nicht begreifen, aber ein Blick, den er verstohlen mit diesem austauschte, beruhigte ihn und er empfing seine unglücklichen Besucher mit der ausgesuchtesten Höflichkeit, obwohl er sie innerlich von ganzem Herzen verwünschte.

„Sennor Alcade," begann der Capitain in dem Augenblick, wo dieser sich anschickte, ihn nach dem Grunde seiner Anwesenheit zu fragen: „da Sie mich vor kaum einer Stunde Ihrer Ergebenheit für die königliche Sache versicherten, so habe ich Ihnen einen öffentlichen Beweis meiner Befriedigung geben wollen, ich komme daher, um bei Ihnen mit meinen Offizieren und Ihrem Neffen zu speisen, der von Ihnen ziemlich schlecht aufgenommen zu sein scheint, und wenn Sie sich freundlich gegen mich bezeigen wollen, bitte ich Sie, Frieden mit ihm zu schließen."

„Seien Sie versichert, mein lieber Onkel," sagte respectvoll der junge Mann in aller Demuth, „daß ich mein Unrecht bereue, ich bitte Sie, mir zu verzeihen."

„So, das wäre abgemacht," sagte der Spanier, „und nun wollen Sie gütigst den Befehl geben, aufzutragen."

„Die Mahlzeit, welche Sie bei mir finden werden, wird sehr bescheiden sein, Sennor."

„Wir werden uns mit derselben begnügen, wenn sie gern gegeben ist."

„Ich hoffe, daß Sie nicht daran zweifeln werden."

Die Offiziere nahmen Platz und zwei Peonen deckten auf Befehl ihres Gebieters eiligst den Tisch.

Während man auf das Mittagessen wartete, ließ der Alcade Erfrischungen, das heißt süße Weine, bringen.

Unter dem Vorwand, seinem Onkel beizustehen, die Honneurs seines Hauses zu machen, hatte der junge Mann, ohne Verdacht zu erregen, ihm einige Worte zuflüstern können, welche Don Ramon vollständig beruhigten und ihm seine gute Laune und Geistesgegenwart wiedergaben.

Endlich trug man die Speisen auf, die spanischen Offiziere setzten sich heiter um einen mit Gerichten beladenen Tisch.

Der Anfang der Mahlzeit war anständig und so, wie man es mit Recht von gebildeten Männern erwarten durfte, aber bald erhitzten sich die Köpfe, und allmählich wurden die Scherzreden bitter und beleidigend. Der Student der Theologie trank sehr wenig, dagegen füllte er die Gläser im Kreise immer bis an den Rand, so das die Spanier bald Alle zugleich zu sprechen begannen, die Rebellen verhöhnten, und die Meinungen des Alcaden mit beißendem Spott, ja selbst mit kaum verhehlten Drohungen verfolgten.

Aber dabei blieben die Dinge nicht; als die Offiziere, durch den Wein, den sie ohne Maaß getrunken hatten, erregt, ihre Teller leer sahen, fanden sie es angenehm, dieselben zu zerbrechen, indem sie sie über ihre Köpfe warfen. Bald folgten die Flaschen und Gläser den Tellern, und als die Trunkenheit noch mehr stieg, artete die Orgie in Plünderung aus und die Möbel und die Gemälde flogen bald in Stücke durch einander.

Don Horacio de Balboa regte sie, anstatt dem

Frevel Einhalt zu thun, im Gegentheil noch mehr an und ging selbst mit seinem Beispiel voran. Ein Offizier, der mehr berauscht als die andern war, und nicht mehr wußte, welchen Streich er dem unglücklichen Besitzer spielen sollte, schlug endlich vor, mit dem Hause des Alcaden ein Freudenfeuer zu veranstalten. Dieser, welcher fürchtete, seinen Unwillen nicht beherrschen zu können, hatte den Entschluß gefaßt, das Feld den Plünderern frei zu geben und den Platz zu verlassen.

Seine Abwesenheit wurde nicht einmal bemerkt. Die Orgie nahm mit einem größern Freudengeschrei und Gelächter ihren Fortgang.

Da plötzlich, als das Fest seinen höchsten Gipfel erreicht hatte, hörten die Offiziere den Angelus läuten.

„Was ist das?" fragte der spanische Capitain mit verdrießlicher Ueberraschung.

„Nichts," sagte Incarnacion, „der Pfarrer, welcher ohne Zweifel dem Herrn dankt für Ihre Anwesenheit in dem Pueblo."

„Gott segne ihn!" antwortete Don Horacio; „aber wo ist unser Wirth geblieben?" setzte er, endlich die Abwesenheit des Alcaden bemerkend, hinzu.

„Er wird gewiß bald zurückkommen."

„Junger Mann," fing der Capitain mit der Wichtigkeit eines Trunkenen von Neuem an, „es ist nicht gut, seine Gäste so zu verlassen, geht, holt Euren Onkel und führt ihn hierher."

„Ich gehe sogleich;" antwortete der Parteigänger indem er rasch den Tisch verließ.

„Und wenn er sich weigert, so tragt ihn herbei; indessen wollen wir trinken."

„Trinken wir!" wiederholten die Offiziere im Chor.

Don Incarnacion hatte sich beeilt, die Erlaubniß, welche ihm der Capitain ertheilt, zu benutzen und den Saal zu verlassen.

Die einen Augenblick unterbrochenen Libationen begannen wieder mit neuem Eifer. Man sang, man schrie, Alle wollten zugleich sprechen, so daß es in kurzer Zeit unmöglich war, sein eigenes Wort zu verstehen und, der Tumult in dieser gewöhnlich so friedlichen Wohnung, wirklich entsetzlich wurde.

IV.

Donna Linda.

An der Thür des Hauses begegnete Don Incarnacion Ortiz dem Alcaden, welcher nachdenklich vor dem Hause auf und ab ging.

„Nun?" fragte dieser ihn.

„Die Trunkenheit hat ihren höchsten Grad erreicht; wenn nichts ihre Freude stört, werden wir sie morgen dort wieder finden, wo sie jetzt sind, ich bin unter dem Vorwand hinausgegangen, Sie wieder zu ihnen zurück zu führen."

„Sie wollen also, daß ich wieder hineingehe?"

„Gott behüte mich davor! Denken wir nicht mehr an diese Trunkenbolde, benutzen wir im Gegentheil die Frist, welche sie uns lassen."

„Was müssen wir thun?"

„Vor Allem führen Sie mich zu Don José Moreno und zu seiner Tochter."

„Können wir gehen, wohin es uns beliebt?"

„Ja, wenigstens jetzt; handeln wir also."

Bei diesem dem Alcaden so unerwarteten Vorschlag, fuhr er empor und blickte dem jungen Manne gerade in's Gesicht.

„Sie haben dieselbe Bitte bereits an Pater Linares gerichtet," sagte er unschlüssig.

„Allerdings, woher wissen Sie das?"

„Er hat es mir gesagt."

„Ah! vielleicht würde er besser gethan haben, nicht mit Ihnen davon zu sprechen."

„Weshalb denn?"

„Das ist meine Sache; nun einerlei, ich muß sie sehen, koste es, was es wolle."

„Was Sie ihnen zu sagen haben, ist wohl sehr wichtig?"

„Außerordentlich, mein Freund, glauben Sie meinem Wort."

„Mein Gott! was soll ich thun?" sprach der Alcade.

„Mich augenblicklich zu ihnen führen, ich wiederhole es Ihnen noch einmal."

„Aber fürchten Sie nicht, daß die Offiziere..."

„Ihre Augen sind geschlossen, sage ich Ihnen, beeilen Sie sich, mich zu unseren Freunden zu führen, ich muß sie durchaus sehen und mit ihnen sprechen."

„So kommen Sie denn, da Sie es fordern, allein, wenn ein Unglück geschieht!...."

„Ich stehe für Alles, seien Sie unbesorgt. Ist es weit von hier?"

„Nur zwei Schritte."

Also sprechend waren sie in eine enge Straße eingebogen, welche zum Flusse führte; bald darauf blieben sie vor einem niedrigen schwärzlichen Hause, von ärmlichem Aeußern stehen.

„Hier ist es," sagte der Alcade.

„In diesem alten baufälligen Hause?" murmelte der junge Mann mit einer peinlichen Ueberraschung.

„Glauben Sie, daß ein Palast für sie heute ein sicherer Zufluchtsort wäre?" erwiderte Don Ramon ironisch.

„Sie haben Recht; lassen Sie uns eintreten."

Der Alcade blickte um sich, um sicher zu sein, daß kein Spion sie belauschte, dann näherte er sich der Thür, klopfte mit seinem Rohrstock dreimal an dieselbe und sagte mit leiser Stimme:

„In der Nacht streifen die Coyoten um die Wohnungen."

„Es ist nicht gut, Abends auszugehen," antwortete sogleich eine Stimme aus dem Innern.

„Wofern man nicht mit Waffen versehen ist," erwiderte der Alcade.

„Aber wo sie finden?" fragte man.

„Bei seinen Freunden," sprach wieder der Alcade.

Ein Geräusch von Riegeln und Schlössern, welche man öffnete, drang aus dem Innern des Hauses und die Thür that sich nur einige Daumen breit auf.

In Mexiko, wo die nächtlichen Angriffe so

lustig sind, hat man die Gewohnheit, die Thüren durch eine höchstens einen Fuß lange Kette, die im Innern an zwei Haken befestigt ist, zuzuhalten.

In der Spalte erschien furchtsam das graue Haupt eines alten Negers, dessen Gesicht noch Besorgniß ausdrückte. Als er die beiden Personen auf der Straße bemerkte, zog er sich mit einer raschen Bewegung zurück.

Um ihn zu beruhigen, beeilte sich Don Ramon, ihn anzureden.

„He! Tio Canucho," sagte er zu ihm, indem er den Fuß zwischen die Thür und die Einfassung setzte, um ihn zu verhindern, daß er sie wieder schloß, „erkennt Ihr mich nicht?"

„Ah! Sie sind es, Sennor Alcade," antwortete der alte Neger, „aber Sie sind nicht allein, scheint mir," setzte er unschlüssig hinzu.

„Nein, ein Freund begleitet mich; nun, so laßt uns ein, alter Narr, wir haben mit Eurem Gebieter zu thun; in unsrer bösen Zeit ist es nicht gerathen, lange auf der Straße zu schwatzen."

Der alte Neger zog sich zurück, machte brummend die Kette los, und die beiden Männer drangen endlich in das Haus, dessen Thür sich unmittelbar wieder hinter ihnen schloß.

Sie gingen nicht allein durch die Hausflur, sondern auch durch den Hof und traten in den Corral, ohne sich dem Hause zu nähern.

„Wohin gehen wir denn?" fragte mit leiser Stimme Don Incarnacion den Alcaden, indem er mit Unruhe sich umschaute.

„Geduld, wir sind bald am Ziele," antwortete Don Ramon in demselben Tone.

Der alte Neger ließ sie unter einen halb verfallenen Schuppen treten, schloß sorgfältig das Flechtwerk hinter ihnen, welches als Thür diente, nahm darauf einen Besen und kehrte mit demselben einen Haufen Mais- und Alfalfastroh bei Seite.

Gleich darauf kam zwischen zwei Steinen ein unbedeutender Nagel zum Vorschein.

Der Neger bückte sich und zog diesen Nagel mit Gewalt heraus; sogleich senkte sich ein Theil der Schuppenwand in einer Breite von ungefähr zehn Quadratfuß, glitt in eine unsichtbare Fuge und zeigte die ersten Stufen einer Treppe, die schneckenförmig zwischen zwei neben einander befindlichen Mauern emporstieg.

„Was Teufel ist dies?" flüsterte der Parteigänger.

„Kommen Sie," versetzte der Alcade, der ihm mit gutem Beispiel vorging und die ersten Stufen emporstieg.

Incarnacion Ortiz folgte ihm sogleich.

Der alte Neger überreichte ihnen eine Laterne und sobald er die beiden Männer auf der Treppe sah, ließ er von Neuem die Fallthür spielen, welche sich hinter ihnen schloß, während er draußen blieb.

„Gut! da wären wir eingeschlossen," konnte der Parteigänger sich nicht enthalten zu bemerken.

„Nicht für lange Zeit, beruhigen Sie sich."

„Was habe ich mit Ihnen zu fürchten, mein Freund? Ich bin nur betrübt über diese Vorsichts= maßregeln, welche so deutlich den bedauernswerthen Zustand unsers unglücklichen Landes zeigen."

Nachdem sie fünfundzwanzig Stufen hinaufge= stiegen waren, hatten sie ein starkes eisernes Gitter erreicht, welches der Alcade öffnete, indem er eine unsichtbare Feder spielen ließ. Sie befanden sich darauf in einem ziemlich geräumigen Corridor; an dem äußersten Ende desselben stießen sie auf ein zweites Gitter, welches der Alcade wie das erste öffnete.

Darauf machten sie eine scharfe Wendung nach links, aber kaum waren sie ein Dutzend Schritte vorwärts gegangen, als eine Mauer sich vor ihnen erhob, und ihnen ein scheinbar unübersteigliches Hinderniß entgegenstellte.

„Verweilen wir hier einen Augenblick," sagte der Alcade.

„Thuen wir das — um so mehr, als ich kein Mittel sehe, es anders zu machen;" gab der Parteigänger lachend zur Antwort.

Da seien Sie außer Sorge," fuhr Don Ramon

lächelnd fort, „Diejenigen, welche wir aufsuchen wollen, sind von unsrer Ankunft bereits durch das Oeffnen der Fallthür unterrichtet, man wird nicht zögern, uns aufzusuchen."

„Aber Don Ramon, wo sind wir hier? Ich gestehe Ihnen, daß ich von dem Vorhandensein dieses geheimnißvollen Verstecks keine Ahnung hatte, und dennoch ist, wie Sie wissen, ein Theil meiner Kindheit in diesem Pueblo oder doch in der Umgegend desselben verflossen."

„Dieses Versteck, wie Sie diesen Ort nennen, mein Freund, ist indessen sehr alt, das versichere ich Ihnen, denn es schreibt sich her aus den frühesten Zeiten der Eroberung."

„Oh! oh! dann ist es wahrscheinlich einer jener geheimnißvollen Schlupfwinkel, in denen die Indianer ihre Reichthümer verbargen."

„Nicht ganz, obgleich Sie der Wahrheit näher sind, als Sie vermuthen; Sie wissen, daß die Indianer, obwohl scheinbar Christen, in Wirklichkeit Heiden geblieben sind und daß Viele unter ihnen noch heute den Ritus ihres alten Glaubens ausüben."

„Ja, das weiß ich, beinahe wenigstens; ich gestehe Ihnen, daß ich mich wenig mit diesen Sachen beschäftigt habe."

„Sie wissen ohne Zweifel auch, daß sie überzeugt sind, der Kaiser Moctekuzoma, ihr unglück-

licher Herrscher, der so elend in einer Emeute
gegen die Spanier getödtet wurde, sei in den
Himmel erhoben und werde eines Tages wieder
erscheinen, um sie von dem Joch der Fremden zu
befreien und dem Reiche der Incas seinen früheren
Glanz wiederzugeben."

„Ja, in der That, ich habe oft von diesem
Glauben sprechen hören."

„Wenn Sie es wünschen, will ich Ihnen diese
Legende erzählen, da wir einige Augenblicke Zeit
für uns haben."

„Ich höre Ihnen um so lieber zu, mein Freund,
als wir nichts Besseres zu thun haben."

„Mocktekuzoma — das heißt der gestrenge
Herr, denn alle indianischen Namen haben eine
Bedeutung — und nicht Montezuma, wie man
seinen Namen verfälscht hat, war ein Mann von
schwachem Charakter und außerordentlich aber-
gläubisch. Die unvermuthete Ankunft der Spanier
hatte ihn mit Schrecken erfüllt, wegen einer alten
Prophezeihung, welche verkündete, daß weiße und
bärtige Männer auf großen beflügelten Häusern
von Nordwesten kommen und das mexikanische
Reich zerstören würden. Er versuchte daher durch
alle Mittel, sich von diesen Fremden loszumachen.
Unglücklicherweise für ihn hatten die Spanier an
ihrer Spitze einen Abenteurer, welchen der Durst
nach Gold und der Fanatismus, wider sein Wissen

vielleicht, zum großen Feldherrn und Diplomaten machte. Ich will Ihnen nicht die Einzelnheiten dieses fabelhaften Heldengedichts aufzählen, welches man die Eroberung Mexiko's nennt. Cortez, Herr der Hauptstadt des Kaiserreichs, welches er als Freund betreten, fürchtete einen Aufstand; er hatte von dem schwachen Monarchen erlangt, daß dieser sich ihm auslieferte, und indem er ihn mit scheinbaren Ehren überhäufte, war Mocktekuzoma in Wirklichkeit sein Gefangener."

„Aber das ist ein vollständiger Geschichtsauszug, den Sie mir geben, — die Folge davon, daß wir Zeit haben," lachte der Parteigänger.

„Warten Sie," fuhr der Alcade fort; „eines Tages war der Kaiser, von allen seinen Hofleuten umgeben, lange Zeit in Nachdenken verloren und antwortete nur einsylbig auf die an ihn gerichteten Fragen. Da hob er plötzlich wieder den Kopf in die Höhe und streckte den rechten Arm aus, um die Aufmerksamkeit seiner Umgebung zu fordern: „Meine Getreuen," sagte er, „heute Nacht ist mir mein Vater, die Sonne, erschienen und hat mir verkündet, daß die Zeit, welche ich auf Erden zubringen soll, abgelaufen ist, und daß ich bald zu ihm zurückkehren werde. Wie dieses Ereigniß herbeigeführt werden soll, weiß ich nicht; allein ich habe die Ueberzeugung, daß es nahe ist."

Bei diesen mit bitterer Betrübniß ausge=

en Worten vergoſſen die Caziken, welche
ſer umgaben, Thränen; aber er lächelte
ad da er ſie tröſten wollte, begann er von
:
reunde, ich bin der Sohn der Sonne, alſo
ich ſterben; ich werde zu meinem Vater zu=
ren, trocknet daher Eure Thränen und freut
daß Ihr mich der Tyrannei der bärtigen
er entgehen ſeht. Mein Vater ruft mich zu
weil es das Geſchick alſo will, und nichts den
letzbaren Männern zu widerſtehen vermag,
e nach ihrem Gefallen über das Feuer des
mels gebieten. Aber ihre Macht wird nur eine
haben, behaltet meine Worte und führt meine
n Rathſchläge getreulich aus, denn von dem
etlichen Gehorſam gegen mich hängt das Wohl
ers lieben Vaterlandes ab. Von allen Gütern,
ich beſaß, iſt mir ein einziges geblieben, das
lige Feuer, ehemals angezündet durch die Sonne,
f welches die Weißen noch nicht gewagt haben,
e ruchloſe Hand zu legen. Ihr ſeht dieſes
uer dort in jenen goldenen Räucherpfannen
ennen; nehmt es, tragt es unter Euren Mänteln
nweg, ohne daß unſere Tyrannen es entdecken.
eder von Euch hebe ſorgfältig einen Theil dieſes
euers auf. Einſt, wenn die Probezeit verſtrichen
, werdet Ihr mich wieder an der Rechten meines
aters erſcheinen ſehen, getragen auf den Wolken

des Himmels; dann freut Euch, denn ich werde Euch von Euren Unterdrückern befreien." Die mexikanischen Herren gehorchten dem Kaiser und entfernten sich mit dem heiligen Feuer. Als einige Tage später der Kaiser, von einem Stein getroffen, der ihm offenbar nicht bestimmt gewesen, zu Boden sank, waren seine letzten Worte: „Mexikaner! das Feuer! Denkt an das Feuer!"

Vergebens suchten die durch diese Worte erschreckten Spanier, welche einen Verrath fürchteten, zu entdecken, was diese geheimnißvolle Mahnung bedeutete; das Geheimniß wurde treulich bewahrt und niemals erhielten sie die Auflösung dieses Räthsels. Aber als die Inquisition mit unversöhnlicher Grausamkeit Alles verfolgte, was einen Anschein von Abgötterei hatte, gruben die Verwahrer des heiligen Feuers undurchdringliche Schlupfwinkel, in welche sie es einschlossen. Der Ort, wo wir uns befinden, ist eines dieser Verstecke, welcher durch einen der Vorfahren des Don José Moreno erbaut wurde."

„Ohne Zweifel aber ist das heilige Feuer lange erloschen?"

„Sie sind im Irrthum, es brennt noch immer; stammt nicht Don José Moreno von den alten Königen von Tezcuco ab, die der Familie des letzten Kaisers verwandt sind?"

„Allerdings, das hatte ich vergessen; Sie glauben also . . . ."

„Ich bin dessen gewiß; da ich selbst Indianer bin, hat mich Don José seit langer Zeit davon unterrichtet, aber still! man kommt, nicht ein Wort von Dem, was ich Ihnen mitgetheilt habe."

„Das verspreche ich Ihnen."

In diesem Augenblick ließ sich in der That ein leises Geräusch hinter der Mauer vernehmen, von der sich ein einziger Block löste und eine Oeffnung zeigte.

„Lassen Sie uns gehen," sagte der Alcade.

Ein Peone erwartete sie mit einer Fackel in der Hand; er führte sie durch verschiedene Gänge und blieb nach einigen Minuten vor einer Thür stehen, an welche er klopfte.

„Treten Sie ein und seien Sie willkommen," antwortete man aus dem Innern.

Don Ramon öffnete die Thür und trat ein, gefolgt von dem Parteigänger.

In dem Saale befanden sich zwei Personen: ein Greis und ein junges Mädchen.

Der Greis war ein Mann von sechsundsechszig bis achtundsechszig Jahren; er war von hoher Gestalt, seine imposanten, aber durch das Unglück verwelkten Gesichtszüge athmeten eine Güte, welche Achtung forderte; sein Haar, so weiß wie der Schnee des Chimborasso, fiel ungeordnet auf seine Schultern herab.

Das junge Mädchen war ein blondes Kind

von höchstens siebzehn Jahren, schlank und anmuthig; ihre großen blauen Augen schienen das Blau des Himmels wiederzuspiegeln, ihr lachender Mund, mit den rosigen Lippen, zeigte, halb geöffnet, eine doppelte Perlenreihe. Langes, seidenweiches und gelocktes aschblondes Haar umrahmte ihr reizendes Gesicht. Ihr Anzug bestand aus einem weißen Mousselinkleide, welches durch ein blaues Band um die Taille gehalten war, und aus einem nachlässig zurückgeworfenen Spitzenrebozo; mikroscopisch kleine Schuhe bedeckten ihre Kinderfüßchen.

Der Greis war Don José Moreno; seine Gefährtin, seine Tochter, Donna Linda, — ein Name, welcher im Castillianischen schön bedeutet.

Als Don José den Alcaden erblickte, reichte er ihm die Hand.

"Noch einmal, seien Sie mir willkommen, mein Freund," sagte er zu ihm, "ich bedaure, daß die Gicht, welche mich an dieses Sopha fesselt, mich verhindert, Ihnen entgegen zu gehen. Aber wen bringen Sie uns denn da?" fuhr er im Tone guter Laune fort, "mein Freund, auf mein Wort!"

"Incarnacion!" rief das junge Mädchen und eilte freudig dem Parteigänger entgegen.

"Holla, Kind!" begann lachend wieder der Greis, "vor Allem Ruhe, stürzt man so in die Arme eines schönen jungen Mannes, selbst wenn dieser schöne junge Mann unser Verlobter ist?"

Das junge Mädchen wich verwirrt und erröthend zurück.

„Ihren Segen dem Soldaten, mein verehrter Vetter," sagte Ortiz, indem er ehrerbietig vor dem Greise niederkniete.

„An mein Herz, mein Kind!" rief Don José aus und drückte ihn mit Zärtlichkeit an seine Brust.

„Wollen Sie Linda nicht verzeihen? Ich liebe sie so sehr."

Der Greis lächelte über diese sonderbare Entschuldigung, schloß die beiden jungen Leute in seine Arme und küßte sie mit inniger Liebe.

„Nun," sagte heiter der Alcade, und setzte sich auf einen Fauteuil, „ich sehe, daß ich keine so große Ungeschicklichkeit begangen habe, wie ich fürchtete, indem ich Incarnacion hierher führte. Das beruhigt mich, mein Herr, Sie werden mir nicht allzusehr darüber zürnen."

„Sie sind ein guter und würdiger Freund, Ramon, Sie haben mir die angenehmste Ueberraschung bereitet und ich danke Ihnen aufrichtig."

„So ist denn Alles auf's Beste; denn ich gestehe Ihnen, daß ich lange gezögert habe, bevor ich einwilligte, die Bitte Ihres Verwandten zu erfüllen."

„Ich kenne Ihre Vorsicht."

„Man kann nicht vorsichtig genug sein, überdies in den Verhältnissen, in denen wir uns be-

finden; diese verdammten Gachupines haben Luchs-
augen, um die Patrioten ausfindig zu machen;
ihre Spione sind überall."

„Lassen Sie uns hoffen, daß Sie Ihnen wenigstens dieses Mal auf die Spur gekommen sind,"
sagte Don José lächelnd.

„Gott gebe es, mein Herr! Wenn das Gegentheil geschähe, würde ich mich niemals über ein
solches Unglück trösten."

„Was giebt es Neues, mein Vetter?" fragte
Donna Linda.

„Leider steht die Sache der Unabhängigkeit
mehr als je auf dem Spiele, liebe Cousine," antwortete seufzend der junge Mann.

„Haben Sie die Hoffnung verloren!" rief sie
aus und warf ihm einen klaren, stolzen Blick zu.

„Nein!" gab er zur Antwort; „aber Verzeihung,
ich habe nur über wenige Minuten zu verfügen,
und . . ."

„Sie wollen uns schon verlassen!" riefen Vater
und Tochter zugleich.

„Wider meinen Willen, glauben Sie mir. Ich
habe mich nur überzeugen wollen, daß Ihre Lage
nicht zu elend ist; nun ich beruhigt bin, darf ich
nicht länger meine Pflicht vergessen, trotz des
lebhaften Vergnügens, welches ich empfinden
würde, noch länger bei Ihnen verweilen zu
können."

„So wollen Sie uns wirklich so schnell verlassen!" sagte das junge Mädchen betrübt.

„Leider muß es sein, ich will noch heute Nacht eine Ueberrumpelung versuchen, die, wenn sie gelingt, uns von diesen verdammten Spaniern befreien wird."

„Kennen sie ihren Chef, Incarnacion?"

„Ein wenig, lieber Vetter, es ist ein gewisser Don Horacio de Balboa, wie er sich hochtrabend nennen läßt, einer Ihrer alten Tigreros, glaube ich."

„Ja, mein Freund, so ist es allerdings; hüten Sie sich vor diesem Manne, er ist ein Dämon; ich bin überzeugt, daß er nur in dieses Dorf eingefallen ist, um sich meiner und meiner Tochter zu bemächtigen."

„Oh! oh!" versetzte der junge Mann mit drohendem Stirnrunzeln, „ich danke Ihnen für diese Mittheilung, mein Vetter; der Mann war mir schon ziemlich zuwider, und da es so ist, mag er sich hüten; denn, bei Gott, ich werde ihn nicht schonen."

„Jener Mann hat es gewagt, die Augen auf meine Tochter, Ihre Verlobte, zu werfen, Incarnacion, und was mehr ist," setzte er mit leiser Stimme hinzu, „er kennt oder vermuthet wenigstens unser Geheimniß."

Der junge Mann erbleichte.

„Mein Vetter," sprach er mit dumpfer Stimme,

„wenn dieser Mann im Besitze unseres Geheimnisses ist, wird er sterben."

„Sie werden uns retten, nicht wahr, Incarnacion?" rief das junge Mädchen aus und faltete angstvoll die Hände.

„Noch heute Nacht, liebe Cousine, das schwöre ich Ihnen! denn die Zeit drängt und ich will Sie nicht länger den Beleidigungen dieses Banditen ausgesetzt wissen. Außer meiner Besorgniß um Ihretwillen, führte mich hauptsächlich der Gedanke hierher, mich mit Ihnen über diese Sache zu verständigen. Glauben Sie, daß Sie sich zu Pferde halten können, Don José?"

„Und wenn ich mich darauf festbinden lassen müßte, mein Kind; bin ich nicht ein alter Soldat?"

„So halten Sie sich bei dem ersten Signal zum Aufbruch bereit. Nun ich Sie gesehen habe, bin ich ruhig; noch ehe zwei Stunden vergehen, werden Sie von mir hören."

„Gott begleite Sie auf dem Wege der Gefahr, den Sie betreten, Incarnacion."

„Und er beschütze Sie, mein Vetter," setzte das junge Mädchen hinzu, indem es ihm die Stirn bot, auf welche er einen lauten Kuß drückte.

„Jetzt sehen Sie mich stark," sagte er heiter.

„Ein Wort noch, Kind."

„Sprechen Sie, mein Retter."

„Freilich wahr," sagte Ortiz lachend; „ich hatte in der Freude des Wiedersehens vollständig meinen Freund vergessen."

„Es ist ihm doch nichts geschehen?"

„Sie werden ihn noch diese Nacht sehen."

„So ist er also in der Nähe?"

„Er erwartet mich."

„Es ist Zeit, daß wir gehen," unterbrach ihn der Alcade.

„Noch einen Augenblick, Incarnacion."

„Eine Verspätung kann Alles vernichten."

„So gehen Sie denn und auf baldiges Wiedersehen."

„Auf Wiedersehen," rief Incarnacion; mit diesen Worten eilte er, Don Ramon auf dem Fuß folgend, aus dem Saale.

V.

Die Expedition.

———

Von Don Ramon geführt, befand sich der Parteigänger bald wieder auf der Straße. Eine Viertelstunde später nahm er von dem Alcaden Abschied und kehrte in das Haus zurück, wo die Orgie ihren höchsten Grad erreicht hatte.

Er trat geräuschlos in den Saal, schlich sich durch die Gäste, von denen Keiner auf ihn achtete, und setzte sich an den Tisch mitten unter die Offiziere. Niemand schien zu bemerken, daß er länger als eine Stunde abwesend gewesen; die Spanier hatten jene Höhe der Trunkenheit erreicht, wo jede Aufreizung unnütz wird.

Nachdem Incarnacion eine Weile Alles, was um ihn vorging, beobachtet hatte, glaubte er den Augenblick zum Handeln gekommen; er näherte sich dem Capitain, führte ihn bei Seite und sagte mit leiser Stimme zu ihm:

„Ein Wort, Commandant, wenn's beliebt."

„Sprechen Sie, lieber Freund," antwortete dieser, indem er sich wieder auf seinen Stuhl warf.

„Gestatten Sie mir, Ihnen die Bemerkung zu machen, daß Sie vollständig das Gedächtniß verloren zu haben scheinen."

„Wie? Was meinen Sie damit?"

„Haben wir nicht eine Expedition für diese Nacht?"

„Bei Gott! das ist wahr," rief der Commandant, der sich lebhaft wieder aufrichtete.

„Beruhigen Sie sich," fuhr der junge Mann fort, und nöthigte ihn sanft, sich wieder zu setzen, „die Stunde ist noch nicht gekommen; wenn Sie mir Glauben schenken, so lassen Sie uns warten, bis Die, welche wir zu überraschen gedenken, im Schlafe liegen."

„Sie haben Recht; in einer Stunde wollen wir uns auf den Weg machen."

„Vor Allem: würde es nicht wichtig sein, Capitain, uns über die Stellung des Feindes Gewißheit zu verschaffen?"

„Hm! der Gedanke ist gut," antwortete Don Horacio mit der Schwerfälligkeit des Trunkenbolds; „aber wer wird ihn ausführen? Ich sehe hier Niemand, welcher...."

„Und ich? Bin ich nicht da?"

„In der That, Sie sind da, das ist wahr, warum sollten Sie das nicht übernehmen?"

Der Parteigänger vermochte kaum seine Befriedigung zu unterdrücken.

„Ich werde mich glücklich schätzen, wenn ich Ihnen dienen kann," sagte er.

„Nicht mir werden Sie dienen, junger Mann, sondern dem Könige."

„Mein Leben gehört ihm."

„Gut gesprochen. Ich sehe, daß ich aus Ihnen etwas werde machen können."

„Ich hoffe es;" entgegnete der junge Mann und lächelte ironisch.

„Zweifeln Sie nicht daran; also das ist abgemacht; Sie werden auf Kundschaft ausgehen und uns die Nachrichten hierher überbringen."

„Vor Allem, Commandant, unternehmen Sie nichts vor meiner Rückkehr."

„Hier sind noch volle Flaschen," versetzte der Capitain mit einer würdevollen Geberde.

Der Parteigänger glitt wie eine Schlange durch die Offiziere und verließ den Saal. Dann verschloß er doppelt die Thür des Hauses, steckte den Schlüssel in seine Tasche und gewiß, daß die spanischen Offiziere wohl oder übel das Haus nicht verlassen würden, eilte er in der Richtung der Plaza-Mayor davon.

Wir haben gesagt, daß die Soldaten in buntem Gemisch mitten unter den Trümmern der Orgie geben einen Blick der Verachtung zu und setzte darauf rasch seinen Lauf fort.

Die Straßen des Pueblo waren leer, die geschlossenen Häuser ließen kein Licht durch die Sommerläden gleiten; überall herrschten Dunkelheit und Schweigen.

Nach mehren Umwegen erreichte der Parteigänger endlich den Wallbruch, wo er Don Ramon einige Stunden früher ein Zusammentreffen bestimmt hatte. Der würdige Alcade, seit langer Zeit schon dort in Begleitung einiger Männer, war ziemlich besorgt über sein langes Ausbleiben.

Als er den jungen Mann erblickte, stieß er einen Freudenschrei aus und eilte ihm rasch entgegen.

„Nun?" fragte er ihn.

„Es geht Alles gut," antwortete dieser.

„Sie sind lange ausgeblieben."

„Allerdings, das ist der Fehler dieser trunkenen Spanier, von denen ich mich nicht zu befreien wußte."

Hier unterbrach sich der junge Mann durch einen Ausruf des Unwillens.

„Was haben Sie?" fragte Don Ramon bebend.

„Ei!" entgegnete der Parteigänger, „ich denke soeben daran, daß mein Maulthier sich in dem Corral der Pater Linares befindet, aus dem ich es nicht herauslassen konnte, und nun habe ich kein Pferd."

„Ist es nur dies," fiel ihm der Alcade in's Wort, „so kommen Sie."

Er ging eine kurze Strecke, gefolgt von dem jungen Manne, öffnete die Thür eines Nachbarhauses und zeigte Incarnacion unter dem Saguan einen schönen vollständig ausgestatteten Mustang.

„Vortrefflich! Sennor Don Ramon, Sie sind, bei Gott! ein kostbarer Mensch!" rief der junge Mann aus.

Mit einem Satz war er im Sattel und sagte: „Erwarten Sie mich hier, ich werde bald zurück sein."

„Einen Augenblick, lieber Don Incarnacion," rief der Alcade und hielt das Pferd am Zügel zurück.

„Was giebt es noch?" sagte dieser ungeduldig.

„Caraï! Ihre Instructionen, mein Herr, was soll ich während Ihrer Abwesenheit thun?"

„Allerdings, daran dachte ich nicht mehr, wo habe ich denn den Kopf."

„Bah! Das Uebel ist nicht groß, sprechen Sie."

„Ihre Rolle ist sehr leicht, bereiten Sie Alles zu einem gemeinsamen Angriff vor; Jeder sei, wenn auch in seinem Hause verborgen, bereit, bei dem ersten Signal die Spanier zu überfallen, es darf uns nicht einer dieser Elenden entschlüpfen."

„Gut; aber da sie trunken sind, werden wir leichten Kaufs davon kommen."

„Vielleicht; doch für alle Fälle seien wir auf

sich wie Löwen vertheidigen, glauben Sie mir, also Vorsicht."

"Ich weiß, was ich thun werde," sagte Don Ramon mit einem düstern Lachen, "gehen Sie unbesorgt, sobald Sie zurückkommen, wird Alles bereit sein, ich werde meine Sache ausführen."

"So ist es recht; allein beeilen Sie sich, denn ich werde bald und nicht allein zurückkommen."

"Das wäre abgemacht," antwortete der Alcade, indem er das Pferd losließ und einige Schritte zurücktrat.

Der junge Mann zog die Zügel an, und setzte über den Graben, darauf sprengte er im raschen Galopp weiter, indem er sich auf den Hals seines Pferdes neigte, und verschwand bald in der Finsterniß.

Nach einem wahnsinnigen Ritte von beinahe zwanzig Minuten begann Incarnacion indessen allmählich den Schritt seines Pferdes zu mäßigen. So erreichte er eine Art Kreuzweg, von dem vier Wege ausliefen; in der Mitte auf einem steinernen Postament stand ein hohes eisernes Kreuz, auf welchem die Werkzeuge der Leidensgeschichte schwankten.

Der junge Mann machte Halt, zog eine Pistole aus seinem Gürtel, nahm die Ladung heraus, schüttete frisches Pulver in die Zündpfanne, hielt sie darauf über seinen Kopf und drückte los: Das

Fast in demselben Augenblicke blitzte ein ziemlich helles Licht durch die Finsterniß auf dem Wege, welcher dem Parteigänger gegenüber lag.

„Da sind sie!" murmelte er, „es war Zeit!"

„Und er pfiff leise seinem Pferde.

Das edle Thier schüttelte den Kopf und sprengte in raschem Fluge in der Richtung fort, wo der Schein sich gezeigt hatte.

Bald ließ sich das Geräusch von Schritten vernehmen, gemischt mit Waffengeklirr.

Der Parteigänger stellte sich stolz auf dem Wege auf, zog seine Pistolen und rief:

„Quien vive?" (Wer da?)

„Mejico e independencia," (Mexico und Unabhängigkeit), antwortete eine starke Stimme aus der Dunkelheit.

„Que gente?" (Was für Leute?)

„Rancheros (Guerilleros) des Don Pedro Moreno."

„Bei Gott!" rief der junge Mann freudig aus, „seid willkommen; sind Sie es, Don Pedro?"

„Ja, lieber Freund, ich bin es," antwortete eine Stimme von sanftem und harmonischem Klange.

„Ah, sehr gut!" rief Incarnacion, „ich muß Sie umarmen, Gefährte."

Und er sprengte im Galopp auf die Truppe

war der Raum zurückgelegt und er befand sich in der Mitte seiner Freunde.

„Per Dios!" sagte er, nachdem er Don Pedro umarmt hatte, „welchem glücklichen Zufall verdanken wir Ihre Gegenwart?"

„Oh! mein Freund," antwortete dieser lachend, „die Sache ist sehr einfach, das versichere ich Ihnen. Heute gegen drei Uhr Nachmittags bin ich zu meiner Cuadrilla zurückgekehrt, welche ich einige Tage unter dem Befehl meines Lieutenants gelassen hatte; er theilte mir mit, daß Sie entschlossen wären, einen Ueberfall zu versuchen, und da habe ich auch meinen Antheil an der Sache haben wollen. Da es indessen gut ist, vorsichtig zu sein, so blieb mein Lieutenant, während ich Ihnen mit dreihundert Pferden entgegenritt, eine Meile von hier, mit zweihundert anderen zurück, um uns, wenn es nöthig sein sollte, sogleich zu Hülfe kommen zu können."

„Vortrefflich gesprochen, deshalb also sehe ich ihn nicht."

„Er bildet die Reserve; aber was thun wir? — ich kenne Ihren Plan nicht."

„Ich werde Ihnen denselben erklären, aber setzen wir vor Allem unsern Weg fort; senden Sie inzwischen einen sichern Mann an Ihren Lieutenant mit der Ordre auf El Paso vorzurücken, und schicken Sie einige Plänkler aus, um die Flanken des Detachements zu recognosciren, von vorn haben wir nichts zu fürchten."

Diese beiden Ordres wurden sofort ausgeführt, und die Truppe setzte sich wieder in scharfen Trab.

Als sie nur noch eine Schußweite von dem Präsidio entfernt waren, machten die Rancheros auf Befehl Don Pedro's Halt. Incarnacion Ortiz tauschte einige leise Worte mit seinem Freunde aus, dann ließ er seinem Pferde die Zügel schießen und ritt gerade auf den Pueblo zu.

Nach einigen Minuten befand er sich dem Graben gegenüber; ohne anzuhalten, erhob er sein Pferd und setzte entschlossen hinüber. In demselben Augenblick legte ein Mann die Hand auf die Zügel des Mustang.

„Sind Sie es, lieber Alcade?" fragte mit leiser Stimme der junge Mann.

„Ich selbst, ich erwartete Sie."

„Und Ihre Gefährten?"

„Sie sind nur zwei Schritte von hier entfernt, bereit, sich zu zeigen, sobald es sein muß."

„So ist Alles vortrefflich, das Uebrige geht mich allein an."

„So handeln Sie nach Ihrem Gefallen; bedürfen Sie meiner nicht mehr?"

„Nein, haben Sie Dank, Herr Alcade, allein ich empfehle Ihnen gewisse Personen, wie Sie wissen."

„Diese Empfehlung war unnütz," entgegnete Don Ramon, „überhaupt habe ich meine Idee," setzte er hohnlachend hinzu.

Der Alcade entfernte sich sogleich; nicht aus Furcht, sondern weil er innerlich einen Plan hegte, dessen Ausführung er kaum erwarten konnte.

Die Rancheros drangen hierauf einzeln in den Pueblo durch den Graben.

Don Pedro hatte die Hufe der Pferde mit Ledersäckchen bekleiden lassen, die mit Sand angefüllt waren, so daß die Reiter durch die Straßen ritten, ohne das geringste Geräusch zu verursachen.

Die erste Sorge der Independanten war, die Plaza-Mayor einzuschließen, indem sie den Eingang sämmtlicher Straßen, die dorthin führten, mit starken Detachements besetzten.

Die in die vollständigste Trunkenheit versetzten spanischen Soldaten lagen noch immer im festen Schlaf; sie hatten keine Ahnung von dem schrecklichen Erwachen, welches ihnen die Independanten bereiteten.

Nachdem Incarnacion Ortiz sich überzeugt hatte, daß alle Rancheros auf ihrem Posten waren, stieg er vom Pferde, ging auf die Kirche zu und klopfte an die Thür.

———

VI.

Wie man eine Mine ladet.

Mexiko hat, wie wir bereits weiter oben erwähnt haben, eine Bevölkerung von ungefähr sieben Millionen viermalhunderttausend Einwohnern, von denen beinahe zwei Drittel indianischen Ursprungs sind und das andere Drittel aus Weißen besteht, zum größten Theil Abkömmlinge der Spanier; denn unter der spanischen Herrschaft waren die Colonien nicht allein der europäischen Colonisation, sondern auch dem Handel verschlossen, und es traf Todesstrafe jeden Fremden, der auf mexikanischem Boden überrascht wurde. Später, nach der Proclamation der Unabhängigkeit, wandten sich die deutschen, die irländischen Colonisten u. s. w., trotz der Bemühungen, sie anzulocken, fast alle nach den vereinigten Staaten Amerika's, da sie in den Gegenden, die einer fortwährenden Anarchie preisgegeben waren, weder hinreichenden Schutz, noch

Arbeit fanden, hier dagegen mit Gewißheit auf die Hülfe und nothwendige Unterstützung bei der Entwickelung der zahlreichen Etablissements, die sie gründen wollten, rechnen konnten.

Die Indianer sind in vier Klassen oder Kategorien getheilt; Die Bravos- oder wilden Indianer, welche frei in der Wildniß leben, kein anderes Gesetz anerkennen, als ihre Laune und ihr Vergnügen, und deren wilde, fortwährend mit einander im Kriege liegende Stämme, unaufhörlich die unglücklichen Dörfer verwüsten, welche an der Grenze ihrer Savannen liegen. Die Mansos- oder civilisirten Indianer, welche gewisse Dörfer bewohnen, haben einige Gewohnheiten der Weißen angenommen. Sie bebauen das Land, treiben Viehzucht und verdingen sich für eine bestimmte Zeit als Arbeiter in den Städten. Dann kommen die Mestizen, größtentheils Abkömmlinge von großen indianischen Familien, welche zu der Zeit der Eroberung, um ihren Reichthum zu erhalten, eingewilligt haben, ihr Blut mit dem ihrer Sieger zu vermischen, dennoch aber im Geheimen ihren alten Glauben beibehalten und sich der Hoffnung hingeben, einst alle Weißen wieder nach der andern Seite des Meeres zu senden. Darauf endlich kommen die Peonen, arme Sklaven, verdummte Menschen, welche — obwohl scheinbar frei, es dennoch nur dem Namen nach sind, die sich wenig um den andern Tag kümmern und in der tiefsten Unwissenheit und im schrecklichsten Elend verkümmern.

Don Ramon Ochoa, dessen Geschlechtsname Xilomantzin war, stammte in directer Linie von den alten Häuptlingen oder Caziken von Hatelolco ab, von denen ein Vorfahre auf Befehl des Kaisers Netzahualpiltzintli zu Anfang des Jahres Chicome-Calli, welches dem Jahre 1463 entspricht, wegen Rebellion zum Tode verurtheilt worden war.

Darnach hatte diese sehr mächtige Familie einen unversöhnlichen Haß gegen die Herrscher von Mexiko bewahrt, und schon seit langer Zeit warteten sie mit jener Ungeduld, welche die amerikanische Race charakterisirt, daß ihr eine Gelegenheit geboten werden möchte, sich zu rächen, als diese Stunde plötzlich für sie schlug, indem Cortez in Mexiko landete und seine unglaubliche Expedition versuchte.

Die ersten Caziken, welche sich mit spanischen Abenteuerern verbanden, waren Alle Mitglieder der Familie Xilomantzin; sie kamen zu dem Lager des Cortez mit allen ihren Alliirten und Vasallen, in einer Anzahl von mehr als zwanzigtausend.

Diese unvorhergesehene Hülfe verdoppelte den Eifer der Abenteurer und entschied vielleicht den Erfolg ihrer kühnen Expedition.

Auch war Cortez, gegen die Gewohnheit der

Familie von Xilomantzin behielt alle ihre Reichthümer mit der einzigen Bedingung, das Christenthum anzunehmen, und mehre junge Mädchen, Verwandte des Oberhauptes dieses mächtigen Hauses wurden den spanischen Offizieren zur Ehe gegeben, welche, Dank der Eroberung, aus einfachen Abenteuerern zu hohen und mächtigen Herren geworden waren.

Mit der Zeit hatte sich indessen der Glanz dieser Familie immer mehr verloren, ihr Reichthum sich bedeutend vermindert und Don Ramon Ochoa, der letzte Repräsentant des ältesten Zweiges, besaß nur noch ein bescheidenes Vermögen, welches er überdies durch seine großartige Lebensweise verschwendete.

Don Ramon Ochoa besaß alle Tugenden und Laster der Race, zu der er gehörte; groß, edelmüthig, selbst stolz, wenn es die Gelegenheit forderte, tapfer wie ein Löwe und schlau wie ein Fuchs, war er von den Indianern verehrt, welche in ihm den Abkömmling von einem ihrer geliebtesten Häuptlinge sahen.

Er haßte die Spanier aufrichtig, denen er mit Recht vielleicht den Verfall seines Hauses und die unsichere Lage zuschrieb, in welcher er selbst zu leben gezwungen war.

Er hatte den Posten eines Alcaden nur angenommen, um sie leichter zu täuschen; und seit Beginn der Empörung hatte er Denen, die er als die unversöhnlichen Feinde seines Vaterlandes und seines Geschlechts betrachtete, durch seine geheimen Machinationen ungeheures Uebel zugefügt; seine Maßregeln waren indessen immer so geschickt getroffen worden, seine Complotte so gut angelegt, daß, obgleich die spanischen Machthaber die moralische Gewißheit seines Verrathes hatten, sie ihn dennoch niemals auf frischer That entdecken, noch Gewißheit darüber erlangen konnten, welche ihnen erlaubt hätte, ihm eine exemplarische Strafe aufzuerlegen.

Seine Stellung als Alcade und sein unermeßlicher Einfluß auf seine Untergebenen verhinderten, daß man ohne bestimmte Beweise etwas gegen ihn unternahm, er wußte es, auch verdoppelte er seine Vorsicht, während er dennoch vielleicht mit noch mehr Eifer seine Untergrabungen fortsetzte.

Ueberhaupt ahnte Don Ramon, daß die Stunde des letzten, so lange erwarteten Kampfes bald schlagen würde und der Augenblick nahe sei, wo sich das Schicksal seines Landes endlich entscheiden mußte.

Don Incarnacion Ortiz kannte den Mann seit langer Zeit; er hatte gelächelt, als er ihn sagen hörte, daß er eine Idee habe; denn er erwartete von ihm irgend etwas Ernstes und er irrte sich nicht.

Don Ramon war Don José Moreno ergeben, welcher in ihn das vollkommenste Vertrauen setzte.

Don José, von indianischer Race wie der Alcade, haßte die Spanier, aber Vater von zwei Kindern, die er zärtlich liebte, und zu alt, um einen thätigen Antheil an dem Bürgerkriege zu nehmen, überdies durch seine Krankheit an das Haus gefesselt, war er gezwungen, Zuschauer bei dem gigantischen Kampfe zu bleiben, welchen seine Landsleute seit zehn Jahren mit heroischem Muthe gegen ihre Unterdrücker unterhielten. Aber wenn er wider seinen Willen unthätig blieb, so begleiteten dennoch alle seine Wünsche Diejenigen, welche ihrem Vaterland die Freiheit wiedergeben wollten.

Don José besaß ein ungeheures Vermögen; der leider arme Alcade, der wenigstens gerade nur das Nothwendige hatte, zögerte nicht, ihm seine Pläne mitzutheilen; die beiden Männer verständigten sich mit wenigen Worten: Don José, der entzückt war, der heiligen Sache der Unabhängigkeit, wenn nicht durch seinen Arm, so doch durch sein Vermögen dienen zu können, stellte Don Ramon sogleich jegliche Summen zur Verfügung, die dieser von ihm verlangte, und worüber er ihm getreue Rechnung ablegte.

Darauf ließ der Alcade durch Vertraute, auf deren Ergebenheit er zählen konnte, alle Waffen und Munition aufkaufen, welche er sich, ohne die Aufmerksamkeit auf sich zu ziehen, zu verschaffen vermochte.

Der Zufall beschützte ihn in dem Sinne, daß der Krieg in gewisse Provinzen des mittleren Mexiko's eingeschlossen, den Grenzstädten, wo die Ruhe dem Anscheine nach nicht gestört war, beinahe volle Freiheit gewährte, zu handeln, ohne Verdacht zu erwecken.

Aller Blicke waren auf den Schauplatz des Kampfes gerichtet, wo man fortwährend die spanische Macht concentrirte; die zu entlegenen Grenzstädte blieben also völlig unberührt, und da sie sich wie im Frieden verhielten, wurden sie weder durch die eine, noch durch die andere Partei beunruhigt.

Der feindliche Einfall in dem Paso=del=Norte durch den Capitain Don Horacio de Balboa, war ein vereinzeltes und durchaus zufälliges Ereigniß.

Die Truppen, welche er befehligte, gehörten in keiner Weise zu der regulären spanischen Armee; sie bestanden aus Banditen, die man aus allen Orten rekrutirt hatte, und bildeten eine Cuadrilla von Räubern, deren einziger Zweck war, während der Revolution im Trüben zu fischen, die keine politische Ueberzeugung hatten und bereit waren, ohne Gewissensbisse die Cocarde zu wechseln, unter der Bedingung, dabei einen Vortheil in klingender Münze zu finden.

Indessen, wie sich das in allen menschlichen Dingen verhält, daß oft kleine Ursachen die größten Wirkungen herbeiführen, so entzündete auch dieser feindliche Einfall in ein fast unbekanntes Dorf an der äußersten Grenze des Vice=Königreichs von Neu=Spanien, welcher nur Raub und Plünderung bezweckte, einen furchtbaren Brand, der nur erst im Blute des letzten Spaniers gelöscht werden und die Sache der Unabhängigkeit für immer triumphiren lassen sollte.

Die durch Don Ramon gekauften Waffen und Munition waren nach und nach nach Paso=del=Norte gebracht und in der Kirche von Pueblo versteckt worden — der einzige Ort, wo man das Vorhandensein derselben unmöglich vermuthete — und zwar ohne Wissen des Pater Linares, der trotz seiner patriotischen Gesinnungen sicherlich nicht gelitten haben würde, daß man das Haus des Herrn in ein Arsenal verwandele.

Der Alcade hatte sich bei dieser Gelegenheit des Sacristans bedient, eines armen Indianers, der ihm Alles verdankte und kein Bedenken trug, ihm zu gehorchen.

Als Don Ramon das Haus verlassen hatte, um die Befehle des Incarnacion Ortiz auszuführen, und nachdem, wie verabredet, eine reichliche Vertheilung von Branntwein an die auf der Plaza=Mayor lagernden Soldaten stattgefunden, trat er durch eine Hinterthür in die Kirche."

Das Gotteshaus war dunkel und verlassen, ein einziger Mann saß trübe und nachdenklich auf den Stufen eines Altars: dieser Mann war der Sacristan.

Nachdem der Alcade ihn einen Augenblick betrachtet hatte, ging er auf ihn zu, ohne daß der arme Bursche, der vollkommen in Gedanken verloren war, ihn kommen sah, und klopfte ihm auf die Schulter.

Der Indianer schauderte bei dieser plötzlichen Berührung; aber er erkannte sogleich den Mann, der vor ihm stand und dessen Blick mit seltsamem Ausdruck auf sein Gesicht gerichtet waren. Mit freundlichem Lächeln erhob er sich und erwartete ehrerbietig seine Befehle.

„Ich suchte Dich, tio-Picho," sagte der Alcade zu ihm, „warum bleibst Du hier, anstatt in Deinem Rancho zu sein?"

„Ich bin auf meinem Posten, Herr," antwortete er, „ist mein Platz nicht hier?"

„Allerdings, aber für den Fall, daß es den Räubern, die dort campiren, gefallen hätte, die Kirche zu plündern, Du würdest sie nicht haben vertheidigen können."

„Nein, aber ich hätte auf der Schwelle derselben meinen Tod finden können."

Diese Worte wurden mit einer Einfachheit und einer Ueberzeugung ausgesprochen, welche den Alcaden rührten und ihm eine geheime Freude verursachten, denn sie bewiesen ihm, daß dieser Mann so war,

wie er ihn wünschte, und daß er auf dessen Ergeben=
heit zählen durfte.

„Ich bedarf Deiner," sagte er zu ihm.

„Ich bin bereit, was muß ich thun?" entgeg=
nete er sogleich.

„Vor Allem höre mich an."

„Sprechen Sie."

„Du erinnerst Dich, auf welche Weise wir
einander das erste Mal trafen?"

„Ob ich mich daran erinnere, Herr!" rief er
aus; „es war vor drei Jahren, ich kehrte von
Ojo=Lucero heim, wohin ich gegangen, um einen
meiner Verwandten zu besuchen, der sehr krank war
und mich zu seiner Pflege hatte zu sich rufen lassen.
Ungefähr zwei Meilen von El=Paso setzte ich gegen
drei Uhr Nachmittags mühsam und gesenkten Hauptes
meinen Weg fort, denn ich war ermüdet und wollte
noch vor Anbruch der Nacht den Pueblo erreichen —
als ich ein Krachen von Zweigen hörte in einem
Gehölz, welches ich einige Minuten vorher durch=
schritten hatte. Ich wandte mechanisch den Kopf
um und schauderte vor Entsetzen, als ich kaum zehn
Schritt von mir, einen Jaguar auf der Lauer er=
blickte, der seine rothglühenden Augen auf mich ge=
richtet hatte. Ich fühle mich verloren; ich war
ohne Waffen und fern von jeder menschlichen Hülfe;
daher empfahl ich meine Seele dem Herrn und
blieb unbeweglich, indem ich mich auf einen entsetz=

lichen und unvermeidlichen Tod so gut wie möglich vorbereitete. Plötzlich, in dem Augenblick, als der Jaguar sich aufrichtete und im Begriff war, auf mich loszustürzen, warf sich ein Mann unerschrocken dem Raubthiere entgegen, zielte und tödtete es durch eine Kugel, die das linke Auge traf. Ich warf mich Ihnen zu Füßen, Herr, denn Sie waren es, der mich aus dieser Todesgefahr rettete, und ich wiederhole Ihnen, Herr, ich bin nur ein armer Indianer, besitze nur das Leben, welches Sie mir erhalten haben, aber dieses Leben gehört Ihnen; an welchem Tage, zu welcher Stunde Sie dasselbe von mir fordern, ich werde es hingeben ohne Zaudern, ohne Bedenken; denn ich werde dadurch meine Schuld an Sie abtragen können."

„Wohl, ich sehe, Du hast ein gutes Gedächtniß, tio-Picho; ich glaubte, Du hättest diese Begegnung vergessen, da sie schon so lange her ist?"

„Ich habe die Erinnerung im Herzen, Herr; in der That, verdanke ich nicht Ihnen Alles; nicht damit zufrieden, mich von dem Jaguar befreit zu haben, retteten Sie mich aus dem Elend. Habe ich nicht diese Stellung als Sacristan durch Sie erhalten?"

„Wohlan, der Augenblick ist gekommen, Deine Schuld gegen mich abzutragen; ich will sogar sagen, mich zu Deinem Schuldner zu machen."

„Befehlen Sie, Herr."

„Ich muß Dir sagen, daß, indem Du meinen Befehlen gehorchst, Du Gefahr läufst, getödtet zu werden."

„Ich wiederhole Ihnen, daß mein Leben Ihnen gehört, bestimmen Sie also über dasselbe, wie es Ihnen gut scheint, Herr."

„Ich werde Dir in wenigen Minuten zwei andere Männer hierherschicken; sobald sie da sind, werden sie Dir beistehen, in das unterirdische Gewölbe hinabzusteigen, wo die Waffen, die ich Dir anvertraut habe, verborgen sind."

„Gut," versetzte der Indianer und rieb sich freudig die Hände, „es scheint, daß der Augenblick nahe ist, sich ihrer zu bedienen; um so besser, Herr."

„Ich hoffe, daß wir noch diese Nacht von ihnen Gebrauch machen werden, tio-Picho; sobald die Waffen in der Kirche sind, verberge sie in den Beichtstühlen, wo Du willst; doch so, daß Du sie sobald Du von mir Ordre erhältst, nebst Pulver und Kugeln an Diejenigen vertheilen mußt, die sie verlangen werden; hast Du mich verstanden?"

„Vollkommen, Herr; ist dies Alles?"

„Noch nicht."

„Ich dachte es auch; denn ich sehe bis jetzt noch nicht, welcher Gefahr ich mich dabei aussetzen sollte."

„Warte. Zu welcher Zeit wird gewöhnlich das Angelus zum Abendgebet geläutet?"

„Das erste Mal um sieben, das zweite Mal um neun einhalb Uhr."

„Sehr gut!"

„Verzeihen Sie, Herr, Sie haben ohne Zweifel nicht bemerkt und ich erlaube mir, Sie darauf aufmerksam zu machen, daß, seitdem die verdammten Gachupines sich des Pueblo bemächtigt haben, also seit drei Tagen, die Kirche geschlossen geblieben und das Angelus weder am Abende noch am Morgen geläutet worden ist?"

„In der That, das hatte ich nicht bemerkt; aus welchem Grunde ist der Dienst so unterbrochen worden?"

„Weil ich den Befehl dazu erhalten hatte, Herr."

„Vielleicht durch die Spanier?"

„Nicht durch die Spanier, Herr."

„Durch wen denn sonst?"

„Durch den Herrn Pfarrer."

„Der Pater Linares!" rief er überrascht aus.

„Er selbst."

„Das ist sonderbar."

„Er hat mir gesagt, daß es besser wäre, nicht zu Gott zu beten, als für die Feinde der Nation zu bitten."

„Ich hätte ihn einer solchen Willkür nicht fähig geglaubt."

Er überlegte eine Weile; endlich schien er einen Entschluß zu fassen.

„Höre," sagte er, „heut Abend, zur gewöhnlichen Zeit, wirst Du wie immer das Angelus läuten, als wenn nichts geschehen wäre."

„Trotz des Befehls, den ich erhalten habe."

„Ja, ich werde mich mit dem Pater Linares darüber verständigen."

„Oh! das ist mir gleich, Herr, sobald Sie es mir befehlen, bedarf ich nichts Anderes, ich werde Ihnen gehorchen."

„Es ist gut; allein, bedenke, daß, was auch geschehen mag, selbst wenn man Dich verhindern oder festnehmen wollte, das Angelus geläutet werden muß."

„Es wird es, Herr, ich schwöre es Ihnen auf mein Seelenheil. Selbst wenn die Spanier, um mich daran zu verhindern, mir mit dem Tode drohen sollten; überdies weiß ich, wie ich sie mir vom Halse halte."

„Vielleicht werden sie nicht daran denken, die Kirche zu betreten; auf jeden Fall rechne ich auf Dich."

„Seien Sie außer Sorge, Herr; ich habe mein Wort gegeben und werde es halten."

„Nun denn, viel Glück und auf Wiedersehen, tio-Picho."

„Gehen Sie mit Gott, Herr."

Der Alcade verließ sogleich die Kirche, um in seine Wohnung zurückzukehren, wo ihn der Pfarrer und der Parteigänger erwarteten; aber unterwegs blieb er zweimal stehen, um einige Worte mit Personen auszutauschen, die ihn zu erwarten schienen, und erst, nachdem er sie die Richtung nach der Plaza=Mayor hatte einschlagen sehen, entschloß er sich endlich, in sein Haus wieder einzutreten.

Als erfahrener Verschworner dachte Don Ramon an Alles; so sattelte er denn eins seiner Pferde und verbarg es in dem Hofe eines Hauses in der Nähe des Grabens, durch welchen der Parteigänger hinausgelangen sollte, für den Fall — was übrigens geschah, wie er es vorausgesehen hatte — daß dieser vergessen hätte, sein Pferd aus dem Corral seines Hauses herzuführen, oder es nicht gewagt haben sollte, aus Furcht, den Verdacht der Spanier zu erregen.

Sobald Incarnacion Ortiz fort war, vertraute der Alcade die Bewachung des Grabens sichern Männern an, dann eilte er durch das Dorf, klopfte an jede Thür, flüsterte den Indianern, die auf seinen Ruf herauskamen, einige Worte zu, so daß in weniger als einer Stunde mehr als vierhundert entschlossene Personen benachrichtigt waren, ihn zu unterstützen, und aller Wahrscheinlichkeit nach nur auf das Signal warteten, um zu handeln.

Nachdem diese Pflicht erfüllt war, kehrte der unermüdliche Don Ramon, der sich zu vervielfältigen schien — so viel hatte er in den wenigen Stunden, seit seiner Unterredung mit dem Parteigänger gethan — zu dem Graben zurück und erwartete friedlich die Rückkehr des Incarnacion Ortiz. Er verdoppelte seine Wachsamkeit für den Fall, daß irgend ein Verrath einen so geschickt angelegten und geduldig ausgearbeiteten Plan scheitern lassen könnte.

Das Gesicht des Alcaden war gleichgültig und kalt, als wenn sich nichts Ungewöhnliches ereignet hätte; selbst seine Mitschuldigen, Alle erprobte Freunde, begriffen diese scheinbare Ruhe nicht. Indessen grollte ein Sturm in dem Herzen des kühnen Verschwörers, seine Schläfe klopften, als sollten sie zerspringen, seine Nerven bebten bei dem geringsten verdächtigen Geräusch; diesmal hatte er seine Schiffe hinter sich abgebrannt und setzte entschlossen seinen Kopf ein bei einer verzweifelten Partie.

Sobald Incarnacion Ortiz an der Spitze seiner Cuadrilla in den Pueblo eingezogen war, forderte Don Ramon, nachdem er seine Freunde durch ein Zeichen um sich versammelt hatte, diese auf, ihm vereinzelt zu folgen, damit sie nicht die Aufmerksamkeit auf sich lenkten.

„Freunde," sagte er mit dumpfer Stimme zu

ihnen, „die Mine ist geladen, die Lunte ist befestigt, es handelt sich jetzt nur darum, Feuer daran zu legen, so daß — wenn unser Vorhaben mißlingen sollte, wir uns wenigstens ein schönes Leichenbegängniß verschaffen!... Vorwärts! Es lebe das Vaterland!"

„Es lebe das Vaterland!" wiederholten die Verschworenen mit gedämpfter Stimme.

Darauf löste sich die Gruppe auf, Don Ramon ging voran in der Richtung der Kirche.

Seine Freunde folgten ihm in kurzer Entfernung, indem sie so viel als möglich friedliche und vertheidigungslose Spaziergänger zu scheinen bemüht waren.

Unterwegs stieß der Alcade auf mehre Rancheros-Detachements, die, im Schatten der Hauptstraßenecken des Pueblo, im Hinterhalt, so vertheilt waren, daß sie den spanischen Truppen den Rückzug abschnitten.

Der würdige Mann rieb sich heftig die Hände, bei ihm ein sicheres Zeichen einer außerordentlichen Freude.

„Bei Gott!" brummte er vor sich hin, indem er mit raschem Schritte weiter ging, „ich glaube, daß ich diesmal die verdammten Gachupines gefangen habe! Aber was wird der Pater Linares sagen? Bah!" setzte er lachend hinzu, „wenn uns die Sache gelingt, wird der Erfolg mich jeder Erklärung überheben! Und dieser arme tio=Picho, er hat sein Versprechen brav gehalten, vorausgesetzt, daß ihm nichts zugestoßen ist."

So zu sich selbst redend, hatte der Alcade die Hinterthür erreicht, durch welche er schon einige Stunden vorher in die Kirche eingetreten war.

Diese Thür war nur angelehnt; er blickte nach alter Gewohnheit der Vorsicht um sich, machte das Zeichen des Kreuzes und trat entschlossen in das Innere; sein Entschluß war gefaßt, und von nun an unerschütterlich.

Nach ihm traten seine Freunde oder vielmehr seine Mitschuldigen einer nach dem andern ebenfalls ein; der Letzte schloß die Thür und schob einen innerhalb befindlichen Riegel davor.

Die Kirche war mit Menschen überfüllt, der Pater Linares las die Abendgebete, mit Hülfe des Sacristans tio=Picho; der Alcade benutzte die allgemeine Sammlung, um sich unbemerkt durch die dichten Reihen der Getreuen zu schleichen, und am Fuße der Kanzel Platz zu nehmen. Er kreuzte die Arme über die Brust, ließ einen festen und klaren Blick über die Anwesenden schweifen und erwartete schweigend und ruhig den Augenblick, um zur That zu schreiten.

VII.

Eine Predigt im Paſo-del-Norte.

Der Pater Linares war kein gewöhnlicher Mann; früh verwaist, arm, und demnach ohne Stütze in der Welt, hatte der Schutz eines entfernten Verwandten seiner Mutter, der mit seiner Vormundschaft betraut war und sich gern von ihm losmachen wollte, ihm die Pforten eines Klosters zu Guadalajara geöffnet.

Als er zum Manne gereift war, schaute er um sich; er sah sich allein, ohne Hülfsquellen, und so entschloß er sich, in den Orden zu treten. Das Klosterleben hatte seine Intelligenz erhöht und seine edlen Anlagen entwickelt: er hatte seine Erziehung durch ernste Studien, die er in der Einsamkeit gemacht, vervollständigt; sein energischer und entschlossener Geist strebte darnach, aus der unbedeutenden Stellung zu gelangen, in welcher zu vegetiren er verurtheilt zu sein schien, nicht aus dem Zweck, seinen Mitmenschen nützlich zu werden, welche dennoch so wenig für ihn gethan hatten.

Indessen waren die Ereignisse mit furchtbarer Schnelligkeit vorgeschritten, während der arme Priester, Pfarrer von Paso=del=Norte genannt, das Wort Gottes den unwissenden Indianern lehrte, die zu unterweisen, seine Aufgabe war.

Der erste Freiheitsschrei, welcher nach einem mehr als zehnjährigen heldenmüthigen Kampf endlich für immer die Unabhängigkeit Mexiko's sichern sollte, war in einem unbekannten, beinahe in den Bergen verlorenen Dorfe ausgestoßen worden. Dieser Schrei fand einen schrecklichen Wiederhall und verbreitete sich mit der Schnelligkeit eines Lauffeuers immer weiter und weiter; hundert= tausend Indianer hatten sich erhoben, die, von einem einfachen Pfarrer geführt, in wenigen Tagen eine Strecke von mehren hundert Meilen zurücklegten, ihre Kanonen auf grundlosen Wegen mit eigenen Händen fortzogen und beinahe bis an die Thore der Hauptstadt von Neu=Spanien vordrangen, wo sie laut die Freiheit von den Spaniern forderten, welche erschreckt waren über so viel Kühnheit und Willenskraft derjenigen Individuen, denen sie kaum den Namen Menschen bewilligten.

Ein seltsames Ereigniß und welches man in der Geschichte keines Volkes wiederfindet, war es, daß die ersten Helden des mexikanischen Unab=

hängigkeitskrieges sämmtlich Priester waren oder junge Männer, die sich auf den Priesterstand vorbereiteten und schon die untere Weihe empfangen hatten.

Die leuchtenden Namen jener beiden Pfarrer, Hidalgo und Morelos, die edelsten Häupter der mexikanischen Revolution — die glänzende Rolle, welche diese einige Jahre hindurch gespielt hatten, bis sie endlich, unter den Schlägen der Spanier gefallen, in blutige Gräber gesenkt wurden, hatten dem armen Geistlichen des Paso-del-Norte das Ziel offenbart, nach welchem er streben sollte, damit sein Leben nicht ganz unfruchtbar sei, sondern eine Erinnerung in dem Herzen seiner Mitbürger zurücklasse.

Er erkannte, daß die Zeit für ihn gekommen war, ebenfalls eine große Rolle in dem furchtbaren Drama der Revolution zu spielen, nicht, indem er als Soldat an die Stelle der beiden Helden trat, welche der Tod ereilt hatte, denn sein sanfter und natürlich schüchterner Charakter lehnte sich dagegen auf; sondern indem er sich der heiligen Sache der Freiheit hingab, um die Kämpfenden zu ermuthigen, den Verwundeten zu helfen und die Sterbenden zu trösten, eine demüthigere, aber nicht weniger schöne Aufgabe, welche ihm, so glaubte er, das Kleid, das er trug, zur Pflicht machte, mochten auch die Folgen für ihn in Zukunft sein, welche sie wollten.

Er hatte daher mit einer gewissen Befriedigung Incarnacion Ortiz' Eröffnungen entgegengenommen, ohne zu verweigern, aber auch ohne etwas zu versprechen, indem er sich innerlich vorbehielt, in der letzten Stunde zu vermitteln, wenn es nöthig war oder, wenn die beiden Parteien handgemein wurden, dem Blutvergießen Einhalt zu thun.

Betrübt über all' die Schrecken, von denen er wider seinen Willen Zeuge gewesen war, seitdem die Dragoner in den Pueblo gedrungen, hatte sich der Pater Linares in ein entferntes Zimmer zurückgezogen, um der Scene der Ausschweifung zu entgehen, deren Schauplatz das Haus des Alcaden seit mehren Stunden geworden war. Dort, sein Brevier in der Hand, betete er mit Inbrunst und versuchte taub zu sein für den Lärm der Orgie, der bis zu ihm gelangte, als plötzlich die ersten Töne des Angelus an sein Ohr schlugen.

Rasch erhob er den Kopf. Anfangs glaubte er, sich getäuscht zu haben, denn in der That, er allein hatte als Pfarrer des Pueblo das Recht, das Angelus läuten zu lassen. Seit dem Aufenthalt der Spanier hatte er den Gottesdienst aufgehoben und dem Sacristan befohlen, die Kirche zu schließen. Wer hatte sich also seinen Platz angemaßt und gewagt, die Getreuen zum Gebet zu rufen? Was bedeutete dieses Läuten, war es ein Signal? Sollte der Aufruhr ausbrechen?"

Das Angelus läutete noch immer. Jeder Klang der Glocke hallte traurig in den Ohren des Priesters wieder.

Er fühlte, wie eine unerklärliche Furcht sich seiner bemächtigte; woher kam dieselbe? Er wußte es nicht zu sagen; dennoch wollte er die Lösung dieses Räthsels haben, deshalb stürzte er aus dem Hause und eilte mit raschen Schritten der Kirche zu.

Die Einwohner des Pueblo Paso=del=Norte, welche die Furcht seit dem Untergange der Sonne gegen ihre täglichen Gewohnheiten in ihren Wohnungen zurückhielt, bebten bei dem wohlbekannten Klange dieser Glocke, welche sie so unvermuthet zusammenberief; unruhig und erschreckt, täuschten auch sie sich Anfangs und glaubten die Sturmglocke zu hören, welche die Plünderung der Stadt verkündete. Aber bei den ersten Schlägen des Angelus kamen plötzlich mehre Männer aus den Vertiefungen der Thüren zum Vorschein, wo sie sich wahrscheinlich absichtlich verborgen hatten, und eilten von Haus zu Haus, um den bestürzten Bewohnern einige leise Worte zuzuflüstern. Allmählich beruhigten sich die wenigen Tapfern; eine tiefe Stille herrschte in den Straßen, die vom Mezcal, Pulque und Refino trunkenen Soldaten schliefen im bunten Gemisch auf der Plaza=Mayor.

Darauf wurden furchtsam einige Thüren halb geöffnet und in der Spalte derselben zeigten sich verwirrte Gesichter. Endlich entschlossen sich die Beherztesten hinauszutreten, Andere folgten ihnen nach und nach, auch die Furchtsamen wagten sich auf die Straße, so daß eine Viertelstunde später nicht allein die ganze männliche Bevölkerung, sondern auch der größte Theil der Frauen, die bei entscheidenden Gelegenheiten oft muthiger als die Männer sind, durch alle Straßen strömten, die auf den Platz führten. Ihre Kinder in den Armen, eilten sie in dichten Truppen der Kirche zu, deren Thüren weit geöffnet waren.

In wenigen Minuten war die Kirche überfüllt; der Sacristan, welcher ohne Zweifel den Befehl erhalten, die Thüren hinter den Letzten zu schließen, war eben im Begriff, diese Ordre auszuführen, als der Pfarrer erschien und mit ihnen eintrat.

Der Sacristan unterdrückte eine Geberde der Ueberraschung und grüßte ehrerbietig den Pater Linares.

„Warum haben Sie ungeachtet meines Verbots das Angelus geläutet?" fragte der Priester in gereiztem Tone.

„Wie, mein Vater, ungeachtet Ihres Verbots?" erwiderte der Sacristan, das größte Erstaunen zur Schau tragend; „ich habe im Gegentheil nur demselben Folge geleistet."

„Sie treiben Ihren Scherz mit mir, tio-Picho, oder beabsichtigen Sie, mich zu täuschen?"

„Das glauben Sie nicht, mein Vater."

„Ich hatte Ihnen ausdrücklich befohlen, die Kirche zu schließen."

„Allerdings, mein Vater."

„Nun also, wie kommt es, daß trotz dieses Verbots nicht allein die Kirche offen ist, sondern daß Sie sogar gewagt haben, das Angelus zu läuten?"

„Vor einer Stunde ließen Sie mir sagen, daß ich wie gewöhnlich läuten sollte."

„Ich?"

„Ja gewiß, mein Vater."

„Und durch wen, wenn's beliebt?"

„Durch den Herrn Alcaden."

„Don Ramon Ochoa!"

„Ja, mein Vater, er selbst; er kam zu mir in die Kirche und behauptete, von Ihnen geschickt zu sein. Konnte ich einem so bestimmten Befehle von Ihnen ungehorsam sein?"

Der Pater Linares sah ein, daß er nichts dagegen thun konnte; voll Ergebung senkte er das Haupt; was sollte er machen? Der Sacristan war offenbar der Mitschuldige Don Ramon's; aber was beabsichtigte der Letztere? Welchen Zweck hatte er?

„Warten wir und bleiben wir auf unsrer Hut," sprach er mit leiser Stimme zu sich selbst. Darauf wandte er sich an den Sacristan, welcher demüthig vor ihm stand und setzte hinzu: „Es ist gut; da die Gläubigen versammelt sind; so wird es nicht angehen, daß sie sich wieder entfernen, ohne Gottes Wort zu hören; überhaupt in diesem Augenblicke, wo so viel Kummer sie drückt; ich werde die gewohnten Gebete halten; schließen Sie die Thüren."

Der Sacristan verneigte sich ehrfurchtsvoll; und glücklich darüber, so guten Kaufs davon zu kommen, beeilte er sich, den soeben erhaltenen Befehl auszuführen.

Diese Kirche, von strenger Architectur wie alle gottesdienstlichen Bauten, welche den Spaniern ihre Entstehung verdanken, war finster, niedrig und gewölbt; kaum erhellt durch einige hier und dort brennende Kerzen, deren matter und zitternder Schein die Finsterniß noch sichtbarer erscheinen ließ, anstatt sie zu zerstreuen. Ueberfüllt durch eine traurige, düstere und schweigsame Menge, bot sie ein seltsam ergreifendes Schauspiel dar, welches das Herz erstarrte.

Der Pfarrer kniete vor dem Hochaltar nieder, beugte das Haupt in den Staub und sprach mit leiser, gedämpfter Stimme:

„Herr, Du siehst mein Herz, unterstütze meinen Muth und gieb mir Kraft, diese verwirrten Menschen zur Vernunft zurückzuführen. Ich flehe zu Dir, nimm, wenn es sein muß, das Opfer meines Lebens für ihr Wohl."

Nach einigen Minuten richtete er den Kopf wieder in die Höhe; sein frommes Gesicht leuchtete von einem erhabenen Ausdruck; er schien verklärt; das Opfer war in seinem Herzen erfüllt, er war zum Märtyrer bereit. Mit traurigen Blicken schaute er um sich, ein Lächeln voll unbeschreiblicher Sanftmuth schwebte auf den vor Schmerz bleichen Lippen.

In diesem Augenblick ließ der Sacristan sein Glöcklein ertönen, um die Gläubigen aufmerksam zu machen.

Mit langsamem und feierlichem Schritte stieg der Pater Linares die Stufen des Hochaltars hinan, wandte sich gegen die Anwesenden, segnete sie und setzte sich dann, die Arme über die Brust gekreuzt, in seinen Chorstuhl.

Das Gebet begann, Vers für Vers wurde von dem Pfarrer vorgesprochen und darauf mit lauter Stimme von der Menge wiederholt.

Als das Gebet beendet war, erhob sich der Pater Linares, nahm sein Brevier und ging langsamen Schrittes auf die Kanzel zu. Der Pfarrer hatte die Gewohnheit, jeden Abend nach dem Gebet den Gläubigen eine fromme Vorlesung zu halten.

Aber vor den Stufen stand ruhig, finster und entschlossen ein Mann, welcher einen glühenden Blick auf ihn richtete und ihn zu erwarten schien.

Dieser Mann war der Alcade.

Die in der Nähe der Kanzel gruppirten Indianer, Männer und Weiber, folgten mit Angst der Entwicklung der stummen Scene, welche in diesem

Augenblick zwischen diesen beiden Männern vorging, für welche sie einen gleichen Respect empfanden.

Indessen schritt der Priester immer weiter vor; er zeigte eine Ruhe, die seinem Herzen fremd war, aber er hoffte durch eine entschlossene Haltung den Mann, in welchem er einen Gegner errieth, zu zwingen, auf einen Kampf mit ihm zu verzichten.

Aber er täuschte sich; in dem Augenblick, wo sie sich gegenüber standen, trat ihm der Alcade entgegen.

„Zurück!" sagte er kalt zu dem Pfarrer, indem er seinen Arm gegen ihn ausstreckte, als wollte er ihn am Weiterschreiten verhindern. „Heute bin ich es, der die Vorlesung halten wird."

„Sie, Don Ramon!" rief der Geistliche aus und wich überrascht vor seinem Freunde zurück, von einer trüben Ahnung erfaßt. „Unglücklicher, was wollen Sie thun?"

„Meine Pflicht," antwortete dieser entschlossen; „die Zeit ist vorüber, feige das Haupt zu beugen vor unsern unbarmherzigen Tyrannen. Die Stunde der Rache hat geschlagen."

„Welche Gotteslästerung wagen Sie auszusprechen?" sprach der Pfarrer schmerzlich. „Vergessen Sie, daß Sie in dem Hause Gottes sind und daß der Herr gesagt hat: „Die Rache gehört mir allein?"

„Still! Pater Linares!" rief heftig der Alcade.

„Sie, der Pfarrer dieses Dorfes wagen so zu sprechen? Sind Sie denn ein Verräther an der heiligen Sache der mexikanischen Unabhängigkeit? Haben Sie sich mit unseren Henkern verbündet, um solche Worte auszusprechen?"

Erschreckt durch diese rauhe Anrede, senkte der Pfarrer das Haupt; unwillkürlich und wie durch eine höhere Gewalt getrieben, trat er bebend einige Schritte zurück.

Ein ungeheurer Tumult herrschte in der Kirche; Geschrei und Verwünschungen ließen sich von allen Seiten hören, der Alcade eilte auf die Kanzel, wohin der Pfarrer, von der Menge zurückgehalten, ihm vergebens zu folgen suchte.

„Brüder!" rief Don Ramon, mit vibrirender Stimme sich an die Menge wendend, die sich angstvoll zusammendrängte, um ihn zu hören. „Seid Ihr denn so schwach, daß Ihr Euch entschlossen habt, ohne Klage die Bedrückungen aller Art zu ertragen, welche die Gachupines Euch schon seit so langer Zeit auferlegen? Die entsetzlichsten Uebel drücken Euch nieder, Euer Land wird durch einen grausamen und mitleidslosen Feind verheert. Eure Brüder und Freunde werden ohne Urtheil erschossen, Eure Weiber und Töchter sind bedroht, die Beute des Siegers und das Gespött einer trunkenen Soldateska zu werden, und Ihr beugt feige Euer Haupt! Ihr lächelt Euern Henkern zu! . . ."

Ein Zornesbeben, welches wie ein elektrischer Strom durch die Menge lief, unterbrach den Redner.

„Hört ihn nicht," rief der Pater Linares mit gebrochener Stimme, „hört ihn nicht, meine Brüder! Dieser Mann täuscht Euch, er täuscht sich leider selbst, indem er Euch zu diesem unsinnigen Aufstand auffordert; er führt Euch, wisset es wohl, nicht zum Triumph sondern zum Tode."

Ein Murmeln des Zornes schnitt dem Priester das Wort ab; er beugte sich schluchzend auf die Steinplatten nieder; denn er fühlte sich besiegt und verzichtete darauf, länger einen unmöglichen Kampf zu unterhalten.

Der Alcade lächelte und winkte mit der Hand.

Wie durch Zauber trat die Ruhe wieder ein.

„Und warum," fuhr Don Ramon fort, „sollte sich unter so vielen starken und muthigen Männern nicht ein Einziger finden, der sich für das Wohl seiner Brüder hingeben möchte? Ah! wehe dem Lande, wo die Männer ihre Beleidigungen nicht mehr zu rächen wissen. Das Land wird im Verderben umkommen, denn es ist der Freiheit unwürdig, welche es nicht durch jedes Opfer zu erobern weiß! Es muß verderben, weil Gott seine mächtige Hand von ihm zurückziehen wird. Was mich anbetrifft, meine Brüder, so glaube ich während der zehn Jahre, die ich unter Euch zugebracht, die Aufgabe, welche mir auferlegt war, erfüllt zu haben, indem ich Leid und Freud' mit Euch theilte, ohne mich jemals zu beklagen, und beglückt durch das wenige Gute, was ich that! Aber heute ward die Last für meine Schultern zu schwer, ich fühlte mein Herz brechen, als diese elenden Gachupines in den Pueblo einzogen, und mit Seufzern der Verzweiflung habe ich der Plünderung Eurer Häuser und den abscheulichen Meuchelmorden von mehren unsrer Brüder beigewohnt, welche ich leider nicht habe verhindern können, da ich selbst, Euer Alcade, mit dem Tode bedroht gewesen bin. Ohnmächtig, Euch zu vertheidigen, ziehe ich es vor, mich von Euch zu trennen, als noch länger Zeuge dieser schrecklichen Missethaten zu sein. Empfanget mein Lebewohl, ich reise augenblicklich ab, um mich mit den Independanten zu vereinigen; dort wenigstens werde ich Euch vielleicht dienen können mit den Waffen in der Hand. Gott in seiner unendlichen Güte wird mir die Gnade erweisen, mich sterben zu lassen für meine Brüder und so als Märtyrer zu fallen für die heiligste Sache, die der Freiheit!"

Die Wirkung, welche diese arglistige Rede auf diese einfachen und ursprünglichen Zuhörer hervorbrachte, würde zu beschreiben unmöglich sein.

Kaum war das letzte Wort über der bangen Menge verhallt, als in der Kirche ein entsetzlicher

Lärm entstand, hervorgerufen durch Geschrei, Seufzer Verwünschungen und Drohungen.

Alle wollten zugleich sprechen, die Männer streckten wüthend die geballten Fäuste gen Himmel, die Frauen schluchzten, nahmen ihre Kinder in ihre Arme und hoben sie über ihre Köpfe; die Aufregung hatte ihren höchsten Gipfel erreicht.

Der auf der Kanzel stehende Alcade hatte, die Arme ausgestreckt wie zum Fluche, den Kopf zurückgeworfen, so mit funkelndem Blick und zusammengepreßten Lippen glich er dem Genius des Bösen, der Haß, Aufruhr und Rache athmete.

„Lebt wohl," rief er mit weitschallender Stimme, „die Stunde unserer Trennung hat geschlagen!"

„Nein, nein, bleibt! Bleibt bei uns! Was soll aus uns werden ohne unseren Alcaden!" riefen alle Anwesenden, indem sie sich um die Kanzel drängten.

„Gott wird für meine Brüder sorgen!"

„Redet, Don Ramon, redet, wir werden Euch gehorchen! Befehlt uns, was wir thun sollen! Wir sind Eure Kinder, verlasset uns nicht!" wiederholten sie flehend.

Der Alcade schüttelte betrübt den Kopf.

„Nein, nein," sagte er mit fester Stimme, „ich kann in Euer Verlangen nicht einwilligen; wer steht mir dafür, daß morgen, sobald das Fieber, welches Euch in diesem Augenblick belebt, beruhigt sein wird, nicht Egoismus und Furcht wieder in Eure

Seelen einziehen? Wer sagt mir, ob Ihr Eure Versprechungen nicht morgen vergessen und für etwas Gold versuchen werdet, mich feige unseren Tyrannen zu überliefern? Ich wiederhole es Euch, meine Brüder, haltet mich nicht länger zurück, laßt mich ziehen, so lange es noch Zeit ist und so lange der Schlaf, der die Augen der Gachupines geschlossen hat, mir gestattet, mich ihrer Wuth zu entziehen."

„Nein! nein!" riefen die Indianer, ihr Flehen verdoppelnd, „bleibt bei uns, Ihr seid unser Oberhaupt, wir werden bis zum Letzten sterben, um Euch zu vertheidigen! Ueberdies seid Ihr von unserem Blut, unsere Sache ist die Eurige, unsere Interessen sind dieselben! Was Ihr uns auch befehlen werdet, wir werden Euerm Wort und Wink gehorchen."

Der Alcade schien zu überlegen; obwohl sein Entschluß längst gefaßt war und er demnach vollkommen wußte, was er thun wollte, so blieb er dennoch eine Minute unbeweglich und stumm, mit bleicher Stirn und zusammengezogenen Brauen, wie wenn er in seinem Herzen einen Kampf zu bestehen habe.

Die einen Augenblick vorher so aufgeregte, so lärmende Menge erwartete mit glühend auf ihn gerichteten Blicken in lebhaftester Angst den Entschluß, welchen er aussprechen würde.

Es herrschte in der Kirche ein so tiefes Schweigen, daß man die Herzen aller dieser Männer in ihrer Brust hätte schlagen hören können.

Endlich richtete Don Ramon den Kopf auf und ließ einen Blick unbeschreiblicher Trauer über die in fieberhafter Aufregung um die Kanzel gedrängte Menge schweifen.

„Ihr werdet mir gehorchen, sagt Ihr?" sprach er mit zweifelndem Ausdruck.

„Befehlt, wir werden gehorchen!"

„Waffen, gebt uns Waffen!"

„Ah!" rief Don Ramon mit düsterem Lachen aus, „leuchtet das Licht endlich in Euren Herzen auf?"

Mit äußerster Anstrengung befreite sich der Pater Linares von den ihn zurück haltenden Händen und stürzte an die Seite des Alcaden.

„Meine Brüder," rief er, „im Namen dieses Gottes, dessen verehrtes Bild Ihr hier seht, beschwöre ich Euch, hört mich, ich bin Euer Hirt, Euer Seelsorger; auch ich liebe mein Land; auch ich will die Freiheit; aber nicht durch Meuchelmord und schmähliche Hinterlist kann diese heilige Freiheit erobert werden. Ihr seid friedliche Bürger und keine Soldaten. Ueberlasset Anderen die Sorge, Euch zu vertheidigen; kehret in Eure Wohnungen zurück, um Eure Weiber und Kinder zu beschützen, welche, wenn Ihr sie verlaßt, von Euren Unterdrückern unbarmherzig ermordet werden würden!

Im Namen dieser unschuldigen Geschöpfe bitte ich Euch, gebt in Euch!"

Hier wurde der Priester plötzlich unterbrochen durch ein wüthendes Geheul der Menge.

Seine Stimme verlor sich in dem Tumult, ohnmächtig ihn zu beherrschen; trotz seines Widerstands wurde der Pater Linares von der Kanzel fortgerissen und nach der Sacristei geschleppt, in welche man ihn hineinstieß, ohne ihm jedoch grob zu begegnen, denn alle seine Pfarrkinder liebten ihn; mehre Indianer stellten sich vor die Thür, um, wenn er hinaus wollte, ihm den Weg zu versperren.

Don Ramon hatte kalt und gleichgültig diese Scene mit angesehen, nur ein geringschätzendes Lächeln schwebte auf seinen Lippen.

Der Pater Linares hatte durch seinen halsstarrigen Widerstand gegen Das, was bereits der Wille der Menge geworden war, seinem Triumph eher genützt als geschadet.

Sobald der Priester verschwunden war und die durch diesen Zwischenfall verursachte Aufregung sich zu beruhigen begann, gebot der Alcade durch einen Wink Ruhe. Sogleich wurde Jeder wieder aufmerksam.

„Also, Ihr seid bereit, mir zu gehorchen?" begann er wieder.

„Ja, ja!" brüllten die Indianer.

„Schwört es!" rief er mit starker Stimme, indem

er den Arm ausstreckte und auf den Heiland wies, welcher den Hochaltar schmückte.

Alle Anwesenden wandten sich freiwillig dem Hochaltar zu, nicht indem sie den rechten Arm ausstreckten, wie dies im alten Europa Gebrauch ist, sondern indem sie niederknieten, den Kopf emporrichteten und nach indianischer Gewohnheit den rechten Daumen über den linken kreuzten, eine Gewohnheit, welche von den alten Incas herrührt. Dieser Schwur ist heilig und unwiderruflich. Don Ramon, der selbst ein Indianer war, wußte es; ein Lächeln des Triumphs zeigte sich auf seinen Lippen.

„Schwört Ihr, mir zu gehorchen?" fuhr er fort mit keuchender Brust, und sein Auge glühte.

„Wir schwören, Euch zu gehorchen," riefen sie einstimmig, „wir schwören, mit Euch zu leben und zu sterben, um die Unabhängigkeit unseres Landes zu erringen."

„Es ist gut," sagte er, „Gott hat Euern Schwur empfangen, er ist von nun an unwiderruflich."

„Waffen! Waffen!" brüllten die Indianer.

„Waffen! Ihr sollt sie haben," fuhr der Alcade fort. „Tio=Picho," setzte er, sich an den Sacristan wendend, hinzu, der unbeweglich unten an der Kanzel stand, „vertheilt die Waffen und die Munition, welche ich Euch anvertraut habe."

Der Sacristan gehorchte; die Vertheilung begann sogleich. Tio-Picho und seine beiden Gehülfen schienen sich zu vervielfältigen, so viel Hingebung und Eifer zeigten sie, ihre Aufgabe zu erfüllen.

In weniger als zehn Minuten waren alle Waffen, Säbel, Lanzen, Bogen, Pfeile, Flinten zusammengetragen und in die bebenden Hände der Indianer übergegangen, die sie mit Wuth schwangen.

Don Ramon sah ein, wie wichtig es sei, diese Aufwallung der Anwesenden nicht erkalten zu lassen; kaum war daher die Vertheilung beendet, so ergriff er eine Machete, hob sie mit gebieterischer Geberde über den Kopf und rief mit furchtbarer Stimme:

„Jetzt, meine Freunde, denkt nur noch an die Rache! Nieder mit den Gachupines!"

„Ja, ja, Rache! Rache! Tod den Gachupines!" wiederholte die Menge begeistert.

In diesem Augenblick vernahm man draußen den Hufschlag von Pferden und Waffengeklirr und zwei kräftige Schläge wurden an die große Thür der Kirche gethan.

„Still!" sagte der Alcade, „ich allein werde antworten."

Er stieg von der Kanzel herab und ging durch die dichten Reihen der Indianer, welche sich ehrerbietig vor ihm theilten; so schritt er festen Schrittes auf die Thür zu.

VIII.

Die Ueberraschung.

Durch einen Wink befahl der Alcade Ruhe.

„Wer ist da?" fragte er.

„La patria!" antwortete man draußen.

„Kinder!" rief Don Ramon, „Gott hat unser Gebet erhört, er sendet uns Hülfe, ich erkenne die Stimme des berühmten Ranchero Don Incarnacion Ortiz. Vorwärts! vorwärts!"

„Nieder mit den Spaniern!" riefen die Indianer und schwangen wüthend ihre Waffen.

Der Alcade öffnete selbst die Thüren.

Incarnacion drang in die Kirche, er hielt den Säbel in der Hand, sein Kopf war unbedeckt; nachdem er ehrfurchtsvoll vor dem Hochaltar niedergekniet war, drückte er Don Ramon die Hand und wandte sich mit lauter Stimme an die Indianer und sagte:

„Seid Ihr Männer, Sclaven oder heulende und furchtsame alte Weiber? Wenn Ihr Männer seid, so beweist es mir, indem Ihr tapfer für die Freiheit kämpft. Ich komme mit meiner Cuadrilla, um Euch beizustehen, sie zu erringen! Kann ich auf Euch zählen?"

„Ja! ja! Es lebe Incarnacion Ortiz!" ertönte der wahnsinnige Ruf der Indianer.

„Wenn es so ist, dann vorwärts, Brüder!" rief er feurig aus. „Folgt mir, Dios y libertad!"

„Dios y libertad!" wiederholten die Indianer und stürzten ihm nach.

In einem Augenblick war die Kirche leer.

Der Pater Linares verließ darauf die Sacristei, wo ihn Niemand mehr zurückzuhalten dachte, schleppte sich bis an den Hochaltar, sank nieder in den Staub und betete mit Inbrunst für diese Männer, welche so edel der heiligen Sache der Freiheit ihr Leben zum Opfer brachten.

Indessen nahm die Schlacht oder vielmehr das Gemetzel auf der Plaza-Mayor mit unerhörter Wuth seinen Anfang; Don Ramon hatte sich mit den Rancheros vereinigt, welche am Eingange der Straßen sich begnügten die Unglücklichen mitleidslos zurückzutreiben, welche zu fliehen versuchten.

Die Feuersbrunst vereinigte sich mit dem Blutbad; die Indianer, von einer Art Raserei erfaßt, die nichts zurückhalten konnte, hatten sich mit Fackeln versehen und liefen mit wüthendem Geschrei nach allen Richtungen, um ihre eigenen Wohnungen anzuzünden. Das Haus des Alcaden war eins der ersten, welches in Brand gesteckt wurde; als die spanischen Offiziere, halb erstickt nach den Thüren stürzten, um den Flammen zu entgehen, wurde einer nach dem andern unbarmherzig niedergemetzelt.

Einem Einzigen, dem Capitain Don Horacio de Balboa gelang es, sich nach einem heroischen Kampfe Bahn zu brechen; mit Wunden bedeckt, erreichte er die Plaza-Mayor, drang mitten durch die erbitterten Indianer, bemächtigte sich eines Pferdes, schwang sich in den Sattel und indem er seinen Degen um seinen Kopf wirbeln ließ, näherte er sich einer Gruppe von Offizieren der Independanten.

„Ah! ah!" rief er mit furchtbarem Hohngelächter, „ich werde mich Ihrer erinnern, Sennores; wenn Gott erlaubt, daß ich Ihren Meuchelmördern entgehe, so schwöre ich Ihnen, daß ich für den Hinterhalt dieser Nacht eine furchtbare Revanche nehmen werde."

„Feuer auf diesen Elenden!" rief Incarnacion.

„Haltet ein!" fiel ihm Don Pedro rasch in's Wort, „was schaden uns die ohnmächtigen Drohungen eines Mannes, der vielleicht nur noch wenige Minuten zu leben hat! Laßt ihn fliehen!"

„Nach Ihrem Belieben, Sennor," lachte höhnend der Spanier, „aber ich verspreche Ihnen, daß, wenn ich Sie einst in meinen Händen habe, wie Sie mich in diesem Augenblick, ich Sie nicht schonen werde."

„Gehen Sie, Caballero, und vermeiden Sie lächerliche Prahlereien."

„Ja, ich gehe; lebt wohl, Don Ramon Ochoa, würdiger Alcade: ich hatte Unrecht, Euch nicht erschießen zu lassen; lebt wohl, Don Pedro Moreno, der am wenigsten Schuldige von Allen, lebt wohl Don Incarnacion Ortiz, ehrlicher Student der Theologie. Auf meine Seele, Eure drei Namen sind für immer in mein Gedächtniß gegraben, Fluch über Euch!"

Darauf zog er sein Pferd an, machte einen gewaltigen Satz mit demselben und sprengte durch die dichteste Menschenmenge, indem er seinen Säbel schwang und mit donnernder Stimme: „Platz! Platz!" rief.

Er flog wie ein Meteor mitten durch die Rancheros und Indianer, welche sich vor Schreck bekreuzten, und bald verschwand er an der Ecke des Platzes.

„Ihr thatet Unrecht, ihn entfliehen zu lassen," sagte Incarnacion im Tone des Vorwurfs.

„Vielleicht, aber er ist ein tapferer Soldat," antwortete Don Pedro Moreno, „ich habe ihm eine Möglichkeit der Rettung gewähren wollen."

„Er wird sich rächen!"

„Oder er wird es wenigstens versuchen; bah! bedrohte Menschen leben lange."

Don Pedro Moreno hatte vergebens versucht, sich der schrecklichen Ermordung der Spanier zu widersetzen; als er seine Ohnmacht erkannte, führte er seine Truppen auf die Plaza=Mayor, und befahl ihnen, neutral zu bleiben.

Der Pater Linares, welcher, wie wir erzählt haben, seinen Wächtern entgangen und auf den Platz geflüchtet war, rang verzweiflungsvoll die Hände, er machte sich Vorwürfe über alle diese Mordthaten.

„Ah!" rief er zornig aus, „diese Indianer sind keine Menschen, sondern wilde Thiere, warum hat man sie so zur Rache gereizt! So grausam sich auch die Spanier gezeigt haben, so kann doch niemals der schändliche Verrath gerechtfertigt werden, welchen diese Männer gegen einen wehrlosen Feind begangen haben. Diese Elenden schänden die heilige Sache der Freiheit, in deren Namen sie zu kämpfen behaupten. Kommen Sie, Sennores, lassen Sie uns diesem entsetzlichen Gemetzel ein Ende machen, sollten wir auch selbst dabei umkommen."

„Lassen Sie uns einhalten, meine Freunde," rief lebhaft Don Pedro, „denn auch mein Herz hebt sich vor Mitleid und Ekel."

Darauf stellten sich Don Ramon und Don Incarnacion mit gezogenen Säbeln und gespannten

Pistolen an die Spitze ihrer Truppe, gefolgt von dem Pater Linares. Eben wollten sie den Befehl zum Angriff geben, als plötzlich lautes Geschrei sich hören ließ, Rufe der Freude, so viel man mitten in dem Tumulte zu unterscheiden vermochte; eine bedeutende Menge Indianer drangen auf den Platz mit der Heftigkeit eines Stromes, der seinen Damm durchbricht.

Diese Indianer liefen auf die Mitte des Platzes zu, dort machten sie Halt, öffneten ihre Reihen und es zeigte sich Don José Moreno und seine Tochter, Donna Linda, die sie in ihrer Mitte in einem Palankin trugen.

Als Incarnacion das junge Mädchen erblickte, das ihm in dieser brüllenden, von Pulver geschwärzten und von Blut gerötheten Menge so friedlich und ruhig entgegenlächelte, eilte er auf dasselbe zu.

„Oh! Mein Gott, warum sind Sie hierhergekommen, liebe Cousine? Sollte Don Ramon Ochoa das mir gegebene Wort nicht gehalten haben?" fragte er voll Unruhe.

„Don Ramon Ochoa ist ein Ehrenmann," antwortete Don José Moreno erregt, „ich war es, der von ihm forderte, uns hierher zu führen."

„Welche Unvorsichtigkeit in einem solchen Augenblick!" rief der junge Mann.

welche uns umgeben, sind sämmtlich alte treue Diener unseres Hauses."

„Mein lieber Incarnacion, ich wollte mit Ihnen den Pueblo verlassen," bemerkte Don José.

„Wenn es so ist, werden Ihre Wünsche bald befriedigt sein, mein Vetter, denn es ist meine Absicht, augenblicklich aufzubrechen."

„Und Sie, Pater Linares, was gedenken Sie zu thun? Werden Sie im Pueblo bleiben, oder uns begleiten?"

„Weder das Eine noch das Andere, Sennores. Nach Dem, was hier vorgegangen ist, kann ich nicht länger hier bleiben. Meine Pflicht befiehlt mir, bei Denen zu sein, welche leiden; morgen werde ich abreisen, um die Armee der Independanten zu erreichen, wo ich Sie ohne Zweifel ebenfalls wiederfinden werde."

„Wahrscheinlich," antwortete ausweichend der Parteigänger, „und nun, mein Vater, Gott behüte Sie!"

„Er wird mir, hoffe ich, die Kraft und die Mittel geben, die schwere Aufgabe zu erfüllen, welche ich mir aufgelegt habe."

Während der Parteigänger und der Pfarrer diese wenigen Worte austauschten, hatten Don José Moreno und seine Tochter ihren Palankin verlassen und die Pferde bestiegen, welche man ihnen zuführte, einige zwanzig Indianer, mit

Flinten und Macheten bewaffnet, schlossen sich ihnen auf allen Seiten an.

„Glauben Sie, daß Ihre Gicht Ihnen erlauben wird, sich auf dem Pferde zu halten?" fragte Incarnacion Don José Moreno.

„Ja, mein Freund, überdies wird der Ritt, den wir zu machen haben, nicht lang sein."

„So brechen wir denn auf!"

Die Cuadrilla stellte sich in Marschordnung und auf den Befehl: „Vorwärts!" setzten sich die Reiter in raschen Trab, und führten in ihrer Mitte Don José, seine Tochter und ihre Diener mit sich.

Ein zweite Truppe, etwa zwölfhundert Mann stark, aber schlecht beritten und nicht so gut bewaffnet, gefolgt von Weibern und Kindern, verließ fast zu derselben Zeit, aber von einem entgegengesetzten Punct aus, den Pueblo.

Diese Truppe war von dem Alcaden selbst befehligt und bestand aus der ganzen waffenfähigen Bevölkerung des Paso del Norte, es war eine wirkliche Auswanderung.

Hinter ihnen stand das Dorf in Flammen, und man hörte das letzte Geschrei der mit dem Tode ringenden verwundeten Spanier, die hülflos inmitten dieser rauchenden Trümmer zurückgelassen worden waren.

Die Rancheros ritten im Galopp in der

Richtung von Ojo=Lucero ungefähr drei Stunden lang fort.

Gegen vier Uhr Morgens, das heißt etwas vor Sonnenaufgang, machte die Cuadrilla auf Befehl des Don Incarnacion Ortiz, welcher wieder den Oberbefehl übernommen hatte, an dem Ufer eines unbedeutenden Nebenflusses des Rio=Grande= Bravo=del=Norte Halt; die Reiter erhielten Befehl die Pferde festzubinden und ihnen ihr Futter zu geben.

Man hatte sechszehn oder siebzehn Meilen gemacht.

Ungefähr zwei Büchsenschüsse von dem Lager entfernt und ein wenig nach links, erhob sich auf dem Gipfel einer bewaldeten kleinen Anhöhe eine ziemlich bedeutende Hacienda, ganz aus Quader= steinen gebaut. Die mit Almenas oder Zinnen versehenen Mauern bewiesen, daß der Eigenthümer dem Adel angehörte.

„Hier ist der Ort, wohin ich Sie zu führen wünschte, Sennores," sprach Don José.

„Ah! wo sind wir denn? Seit El=Paso haben wir blindlings unsern Weg verfolgt," antwortete Incarnacion Ortiz.

„Erkennen Sie die Gegend wirklich nicht?" fragte Don José Moreno mit leichtem Vorwurf.

„Meiner Treu, nein, ich gestehe es zu meiner Schande; so viel ich mich auch umschaue, so erinnere ich mich doch nicht, jemals hierher gekommen zu sein."

„Nun denn, mein Freund, man muß gestehen, daß Sie ein sehr kurzes Gedächtniß haben, wenn Sie die Hacienda-de-la-Vega nicht wieder erkennen."

„Wie!" rief Incarnacion überrascht aus, „wir sind in La-Vega?"

„Mein Gott, ja! und wenn Sie daran zweifeln, so schauen Sie diese beiden Reiter an, welche auf uns zugesprengt kommen."

„Don Ramon und Don Pedro Moreno."

„In der That, sie sind es."

„Ah!" sagte der junge Mann und schlug sich vor die Stirn, „ich bin in diese Gegend gekommen, das ist wahr, aber es sind schon viele Jahre her."

Don José lächelte und ging, von Incarnacion gefolgt, den Reitern entgegen.

Don Pedro und Don Ramon, welche auf einem kürzeren Wege und daher mehr als eine Stunde früher angelangt waren, hatten den Haushofmeister der Hacienda benachrichtigt, für die nöthigen Lebensmittel zu sorgen, mit einem Wort, den Gästen, denen sie vorangingen und welche Don José Moreno mit sich führte, eine schickliche Aufnahme zu bereiten.

Bericht darüber abgestattet hatte, welche Anordnungen er in seinem Namen getroffen, wandte sich Don José Moreno zu den Offizieren mit freundlichem Gruß und sagte zu ihnen:

„Caballeros und Freunde, ich hoffe, daß Sie mir nicht die Schmach anthun werden, vor dieser Hacienda vorüberzugehen, ohne darin auszuruhen, selbst wenn es nur auf kurze Zeit wäre.

Die Anstrengungen dieser Nacht werden Sie veranlassen, meine Einladung nicht zurückzuweisen und die wenigen Erfrischungen anzunehmen, welche ich für Sie in meiner dürftigen Wohnung habe bereiten lassen."

„Mein Vetter," entgegnete Don Incarnacion Ortiz im Namen Aller, „wir danken Ihnen aus vollem Herzen für die angenehme Gastfreundschaft, welche Sie uns anbieten, und wir nehmen dieselbe um so lieber an, weil wir, um offen zu sprechen, buchstäblich vor Hunger und Erschöpfung umsinken."

„Wenn es so ist, Caballeros," fuhr Don José lächelnd fort, „so wollen Sie die Güte haben mir zu folgen, ohne länger zu zögern, dort werden Sie bald im Stande sein, Ihren Appetit zu befriedigen, so stark dieser auch sei."

Die Offiziere verneigten sich zum Zeichen des Dankes.

Die Cuadrilla blieb, wo sie gelagert hatte,

denen man vertrauen konnte; und die ganze Gesellschaft ritt in raschem Trabe auf die Hacienda zu, welche sie in weniger als einer Viertelstunde betraten.

Die Parteigänger stiegen im Hofe ab, überließen die Zügel ihrer Pferde den Peonen und von Don José geführt, begaben sie sich nach einem geräumigen Saal, wo durch die Sorge des Haushofmeisters, eine prächtig servirte Tafel ihrer harrte.

Auf ein Zeichen des Besitzers der Hacienda nahm Jeder Platz.

Die den Parteigängern gebotene und von Donna Linda mit reizender Anmuth präsidirte Mahlzeit war so, wie man sie von einem reichen und gastfreundschaftlichen Manne wie Don José Moreno erwarten konnte.

Als das Dessert nebst Wein und Liqueur auf dem Tische erschien, — denn in Mexiko trinkt man allgemein nur Eiswasser während der Mahlzeit — winkte Don José den Peonen, sich zu entfernen, dann hob er sein bis zum Rande mit Champagner gefülltes Glas empor — ein zu dieser Zeit in Central=Amerika fast unbekannter Wein — und sagte zu seinen Gästen:

„Caballeros, ich trinke auf die Märtyrer unsrer heiligen Sache und auf den Triumph d

Mit Begeisterung stießen die Gläser zusammen und dieses Brindisi — das Wort Toast war noch nicht erfunden — wurde von allen Gästen wiederholt.

„Und nun, Caballeros," fuhr Don José fort, „lassen Sie mich Ihnen Glück wünschen wegen des Erfolgs der heutigen Expedition, welche mit unbestreitbarer Geschicklichkeit und einer Entschiedenheit ausgeführt worden ist, die des Lobes würdig ist. Diese kühne Ueberrumpelung macht unserm Freunde Ortiz die größte Ehre."

„Erlauben Sie mir, mein Vetter," rief feurig der Ranchero, „unsern Erfolg in dieser Sache verdanken wir nicht meiner Entschiedenheit und Geschicklichkeit, sondern dem Muthe und der unbegrenzten Ergebenheit Don Ramon Ochoa's; er allein hat Alles gethan!"

„Dank Ihrer edelmüthigen Mitwirkung, Don Incarnacion," erwiderte der Alcade mit einer Verneigung; „ohne Sie würden meine Pläne vollständig paralysirt worden sein."

„Mit einem Wort, Caballeros," fuhr Don José freundlich fort, „Sie haben sich Beide um das Vaterland sehr verdient gemacht; denn die Einnahme von del=Paso ist viel wichtiger für den Erfolg unsrer Sache, als Sie vermuthen; wir müssen daher um jeden Preis verhindern, daß die Spanier sich von Neuem auf diesem Puncte festsetzen."

„Ich glaube nicht, daß sie dies zu thun beabsichtigen," sagte Don Ramon; „der Capitain de Balboa ist kein Soldat, sondern ein Bandit; sein feindlicher Einfall in den Pueblo hat meiner Meinung nach keine politische Bedeutung, sondern einzig und allein den Zweck der Plünderung, was er überdies von dem ersten Augenblick an gethan hat."

„Das ist möglich, allein die Lage von Paso=del=Norte ist nichts destoweniger wichtig für uns, weil wir uns durch den Rio=Bravo=del=Norte Waffen und Kriegsbedürfnisse, deren wir benöthigt sind, verschaffen können, welche uns die amerikanischen Handelsleute durch die Wildniß zuführen."

„In der That, übrigens wird nichts leichter sein, als den Pueblo durch eine respectable Macht occupiren zu lassen, um den Spaniern jedes Verlangen nach Rückkehr zu benehmen, ich werde mir selbst die Sache angelegen sein lassen," bemerkte Don Ramon.

„Gut; und nun eine letzte Gesundheit, Caballeros, bevor wir scheiden, denn hier trennen wir uns."

„Wie!" riefen die Rancheros, „Sie bleiben nicht bei uns, Sennor Don José?"

„Nein, Caballeros, es ist mir unmöglich. Don Incarnacion Ortiz kennt den Grund, weshalb ich Sie in diesem Augenblick verlasse; aber ich hoffe,

Caballeros, daß wir binnen Kurzem wieder vereinigt sein werden und dann auf längere Zeit."

„Gedenken Sie denn allein in dieser Hacienda zu bleiben, gnädiger Herr?" fragte ihn Don Ramon Ochoa.

„Nein, im Gegentheil, ich reise zu gleicher Zeit mit Ihnen ab; allein, aller Wahrscheinlichkeit nach werden wir einander den Rücken kehren, wenn Sie, wie ich vermuthe, in dieser Provinz zu bleiben beabsichtigen."

„In der That, gnädiger Herr; ich habe vor einigen Tagen von dem Oberbefehlshaber die Ordre erhalten, eine Cuadrilla von Parteigängern zu bilden und im Staate Chihuahua zu bleiben, um über die Sicherheit zu wachen."

„Und ich gehe in den Staat von Queretaro, wo, wie Sie wissen, Caballero, einstweilen der Nationalcongreß versammelt ist."

„Hüten Sie sich, Sennor Don José, die Reise von Chihuahua nach Queretaro ist lang," bemerkte Don Ramon; „Sie laufen Gefahr, das Ziel Ihrer Reise nicht zu erreichen; denn Sie müssen durch feindliche Staaten, in denen sich sämmtliche spanische Truppen zusammgedrängt finden."

„Ich weiß es; leider bin ich gezwungen, abzureisen, welche Schwierigkeiten sich mir auch auf dem Wege entgegenstellen könnten; diese Reise ist unum=

gänglich nothwendig; denn ich begebe mich selbst zum Congreß. Ich habe unsern Regierenden gewisse Vorschläge zu machen, die anzunehmen oder zu verweigern sie allein das Recht haben."

„Da es so ist und Sie nichts davon abbringen kann," sagte Incarnacion, „so erlauben Sie mir, mein Vetter, Ihnen zweihundert Reiter zu Ihrer Disposition zu stellen, welche Ihnen während Ihrer Reise als Escorte dienen mögen."

„Sie erfüllen alle meine Wünsche, mein braver Freund, nicht weil ich die Absicht habe, in so zahlreicher Gesellschaft zu reisen, sondern weil ich Ihr freundliches Anerbieten annehmen möchte, um die Hacienda vor einem Ueberfall zu schützen, da meine Tochter meine Rückkehr in la-Vega erwarten soll. Hundert Reiter werden also hier bleiben mit meinem Sohne Don Pedro, um ins Besondere über die Sicherheit Donna Linda's zu wachen."

Incarnacion zog die Stirn in Falten.

„Sie haben Unrecht, Don José," sagte er, „diese Hacienda ist, so stark sie erscheint, kein Kriegsplatz; im Fall eines Angriffs wird sie leicht genommen werden."

„Da meine Reise außerordentlich rasch von Statten gehen muß, mein Freund, so ist meine Tochter nicht im Stande, die Strapazen derselben zu ertragen. Die den Spaniern gegebene harte Lehre dieser Nacht wird sie, hoffe ich, weniger kühn machen in ihren Unternehmungen. Ueberdies habe ich hier außer Ihren Rancheros noch ungefähr sechszig ergebene und gut bewaffnete Peonen; diese Macht wird genügend sein, um den Feind in Respect zu erhalten, wenn er wagen sollte, sich vor unsern Thoren zu zeigen."

„Ich theile nicht ganz Ihre Meinung, Sennor, indessen will ich mir nicht erlauben, länger dagegen zu streiten; Sie wissen ohne Zweifel besser als ich, was Sie bei dieser Gelegenheit thun müssen."

Die Unterhaltung dauerte noch einige Augenblicke, dann erhob man sich vom Tische.

Eine Stunde später nahm Don Ramon Abschied von seinen Gästen, umarmte Incarnacion und Don Pedro, drückte Don José herzlich die Hand, bestieg sein Pferd und verließ die Hacienda. Er kehrte zu seiner Cuadrilla zurück, welche fast sogleich ihre Marschordnung einnahm, und sich wieder in Bewegung setzte, worauf sie bald in den Biegungen des Weges verschwunden waren.

Don Incarnacion war trübe gestimmt.

„Was haben Sie?" fragte ihn Don José.

„Nichts," antwortete ausweichend der junge Mann. Aber nach einer Weile ließ er den geheimen Gedanken, welcher ihn beschäftigte, laut werden. „Ich weiß nicht warum," murmelte er; „aber es scheint mir, daß die Ereignisse dieser Nacht nur das Vorspiel von noch schrecklicheren Begebenheiten sein werden. Ich würde mich glücklich schätzen, einen Mann an meiner Seite zu haben, den ich wie einen Bruder liebe und vor dem ich niemals etwas zu verbergen habe."

„Don Luis Morin, nicht wahr? Ich wunderte mich in der That, daß ich ihn nicht gesehen habe. Wo ist er denn?"

„Auf einer geheimen Expedition; aber Sie werden ihn ohne Zweifel bald wieder sehen; denn wenn meine Ahnungen sich verwirklichen, werde ich binnen Kurzem einen Boten an ihn absenden.

IX.

Die Cuadrilla.

Wir wollen jetzt für eine Weile die Umgegend des Paso=del=Norte verlassen, wohin uns die Ereignisse bald wieder zurückführen werden, um unsern Lesern eine neue Persönlichkeit vorzuführen, welche berufen ist, in dieser Erzählung eine der bedeutendsten Rollen zu spielen.

Zwischen sieben und acht Uhr Abends, in dem Augenblick, wo der Schein der Dämmerung durch die eintretende Finsterniß fast plötzlich erlosch und durch das bleiche Licht der Sterne ersetzt wurde, kam eine zahlreiche, gut berittene und bewaffnete Reitertruppe aus einem engen Cannon oder Hohlwege, welcher durch irgend ein gewaltsames Naturereigniß zwischen zwei hohen Bergen entstanden war und sich auf dem östlichen Ufer des Rio=Grande=del=Norte mitten in der Apacherie befand. Ein Reiter, welcher der Truppe in geringer Entfernung voraus war, ritt bis an den Rand des Flusses vor und machte erst Halt, als bereits das gelbliche Wasser des Rio=Grande die Hufe seines Pferdes bedeckte, welches schnaubend zurückwich.

Alsdann schaute der Reiter mit unruhigem Blick um sich und suchte sich die verschiedenen Gestaltungen der Landschaft zu vergegenwärtigen, eine sehr schwierige Sache in diesem Augenblick wegen der Finsterniß, die ihn umgab. Bald erkannte er auch die Nutzlosigkeit seiner Bemühungen, er ließ entmuthigt sein Haupt auf die Brust sinken und schien sich in trübes und tiefes Nachdenken zu versenken.

Indessen waren auch die anderen Reiter näher gekommen und bald fanden sie sich stumm und unbeweglich in derselben Linie mit ihrem Chef.

Dieser aber blieb schweigsam und düster, und schien die Ankunft der Truppe nicht zu bemerken.

Diese Situation konnte jedoch nicht lange so fortdauern, die Nacht wurde immer finsterer; Leute und Pferde, durch einen langen Ritt durch die Wildniß ermüdet, empfanden das unabweisbare Bedürfniß nach Ruhe.

Einer der Reiter, welcher ein Subalternoffizier zu sein schien, entfernte sich von der Gruppe seiner Gefährten, näherte sich dem Chef, verneigte sich ehrerbietig vor ihm und sagte:

„Ich habe die Ehre, Ihnen bemerklich zu machen, Caballero, daß die Cuadrilla Ihre Befehle erwartet, um ein Lager für die Nacht aufzuschlagen."

Obwohl diese plötzliche Aufforderung mit der größten Höflichkeit gemacht war, wurde der Reiter unangenehm aus seinen Träumen gerissen, er erbebte und hob rasch den Kopf in die Höhe.

„Was wollen Sie, Don Cristoval?" antwortete er in einem Tone übler Laune.

Aber Don Cristoval schien diese rauhe Ansprache nicht zu bemerken, er verneigte sich abermals, noch tiefer als das erste Mal und wiederholte gelassen seine Frage.

„Ach! ganz recht," versetzte der Reiter, „daran dachte ich nicht. Entschuldigen Sie mich daher, ich bitte Sie; Apropos, sagen Sie mir doch, zu welcher Zeit der Mond in dieser Jahreszeit aufgeht?"

Don Cristoval war nicht wenig erstaunt über diese Frage, welche er durchaus nicht erwartet hatte; anfangs wußte er nicht darauf zu antworten, aber bald gewann er seine Kaltblütigkeit wieder, da er ohne Zweifel an die excentrische Weise des Sprechers gewöhnt war.

„Um elf Uhr, Herr," erwiderte er.

Der Reiter zog eine prächtige Uhr aus seinem Gürtel und da die Finsterniß ihn verhinderte, die Stunde darauf zu erkennen, so ließ er sie repetiren.

„Gut," sprach er, „es ist kaum neun Uhr, wir haben noch Zeit vor uns."

Don Cristoval verbeugte sich mit einer Geberde

der Zustimmung, obgleich er sich die Worte des Reiters nicht erklären konnte.

„Apropos," fuhr dieser gemächlich fort, indem er seine Uhr wieder in seine Faja steckte, „wünschten Sie nicht meine Ordre für das Lager, lieber Don Cristoval."

„In der That, Herr."

„Nun, das ist sehr einfach; Sie kennen dieses Land besser als ich, Sennor, scheint mir; ich bitte Sie daher, diese Sorge zu übernehmen, ich gebe Ihnen unbedingte Vollmacht."

Don Cristoval verbeugte sich mit einem Lächeln der Befriedigung und kehrte zu seinen Gefährten zurück, die ruhig und unbeweglich wie Statuen seine Rückkehr erwarteten.

Er setzte sich darauf an die Spitze der Truppe und indem er sie eine Wendung nach links machen ließ, kehrte er wieder um und führte sie bis zu einer mit dichtem Buschwerk ganz bedeckten, ziemlich hohen Anhöhe, welche tief in das Flußbett einschnitt; man gelangte durch einen sanften Abhang dorthin. Dieser Platz war zu einem Lager für die Nacht bewunderungswürdig gewählt, die Stellung bot alle wünschenswerthe Garantie der Sicherheit dar gegen die Angriffe der Raubthiere oder die Hinterhalte der Rothhäute.

das Leben der Wildniß gewöhnten Männern eigen ist, hatten sie bald das Lager aufgeschlagen, die Wachtfeuer angezündet, ihren Pferden das Maisfutter gegeben und die Elemente zu einem Abendessen vorbereitet, dessen sie, wie es schien, dringend bedurften.

Diese Männer von athletischer Gestalt, charakteristischen Gesichtszügen und martialischer Haltung, waren ungefähr dreihundertundfünfzig an der Zahl. Sie trugen die malerische Tracht der Rancheros; die runde Weste, die mit Goldborde besetzten Sammetbeinkleider; Kamaschen von Damhirschleder, an der Seite offene Schuhe mit kupfernen Sporen, die mit Silber ausgelegt und mit Rädchen von sechs Zoll Durchmesser, versehen waren. Eine Eigenthümlichkeit, welche sie als Independanten oder mexikanische Insurgenten erkennen ließ, war, daß ihre breitrandigen, mit einer silbernen Borde verzierten Hüte mit einem großen Bildniß der Nuestra-Sennora-de-Guadeloupe, der Patronin von Mexiko, versehen waren, unter deren Schutz sich die Insurgenten gestellt hatten, mit dem naiven und rührenden Glauben, welcher den Grundzug ihres Charakters bildet.

In dem Augenblick, wo sie ihr Abendessen bereitet und ihre Cigaretten angezündet hatten, — das nöthige Dessert jeder mexikanischen Mahlzeit — erschien der Reiter, den wir am Ufer des Flusses zurückgelassen haben, im Lager. Er stieg ab, überließ den Zügel seines Pferdes einem Ranchero und winkte Don Cristoval zu sich, worauf er sich etwas bei Seite auf einem Felsblock niederließ, wo man offenbar für ihn ein Feuer angezündet hatte.

Seltsam und bemerkenswerth war es hauptsächlich in der Stellung, welche dieser Reiter einnahm, daß derselbe noch ganz jung, kaum zwanzig Jahre alt war, obgleich er viel älter erschien. Seine regelmäßigen Gesichtszüge, erleuchtet durch blaue Augen, die mit dichten, schön geschweiften Brauen überwölbt waren, trugen einen seltenen Ausdruck von Energie, Sanftmuth, Intelligenz und Loyalität; ein feiner blonder Schnurrbart bedeckte, coquett empor gestrichen, seine Oberlippe und ein Wald von blondem Haar floß unter seinem Hut hervor und fiel in seidenweichen Büscheln auf seine Schultern herab.

Die Geschichte dieses Parteigängers war einfach und traurig, wir wollen sie mit wenigen Worten mittheilen.

Johann Louis Peter Morin, den man gewöhnlich Luis Morin oder Don Luis*) nannte,

---

*) Convenienzrücksichten zwingen mich, unter diesem Namen den eines Mannes zu verbergen, den seine hohe Intelligenz

gehörte einer hohen Bürgerfamilie an, von welcher
mehre Mitglieder später aus verschiedenen Ursachen
berühmt geworden sind; er war geboren etwa um
das Jahr 1795 in einer großen Stadt einer unsrer
südlichen Provinzen Frankreichs.

Nachdem er seine Studien glänzend beendet
hatte, war er im Alter von kaum sechszehn Jahren
und Dank der hohen Stellung, welche damals
seine Familie einnahm, zum Cassirer ernannt
worden bei der Münze von ***, ein Platz, den
er im Jahre 1815 noch inne hatte. Bei der
Wiedereinsetzung der Bourbonen zwang ihn eine
unwürdige und verläumderische Denunciation, seine
Entlassung einzureichen.

Luis Morin mit seiner glühenden Seele fühlte
sich im Herzen getroffen durch diese Ungerechtigkeit,
deren Opfer er war, und ohne bestimmten Zweck,
fest entschlossen, so schnell wie möglich ein Land zu
fliehen, wo sein Charakter so abscheulich verkannt
worden war und wo ihn in Folge dessen von
nun an nichts mehr zurückhielt, schiffte er sich nach
den vereinigten Staaten ein.

Der fast aller Hülfsquellen beraubte junge
Mann, welcher sehr in Verlegenheit in Bezug auf
sich selbst in einem Lande war, wo er weder
Freunde noch Bekannte hatte, suchte seit einigen
Monaten vergebens eine Versorgung, die ihm
seinen Lebensunterhalt gewährte, als der Zufall

ihn nach Neu-Orleans führte, wo sich damals Xavier Mina, der Neffe des berühmten Espoz-y-Mina, befand. Als diese beiden ausgezeichneten Menschen zu einander in Beziehung traten, verstanden sie sich sogleich und schätzten sich von dem ersten Augenblicke an nach ihrem richtigen Werthe.

Mina, der sich gezwungen sah, Spanien zu verlassen, wo der Friede ihm nicht mehr die Mittel lieferte, seine verzehrende Thätigkeit zu befriedigen, war nach den vereinigten Staaten gekommen, zu dem Zweck, eine Expedition zu Gunsten des mexikanischen Aufstandes zu organisiren. In Norfolk, und in Baltimore hatte er bereits Abenteuerer angeworben; der Wunsch, die Vorbereitungen seines kühnen Versuchs zu beendigen, führte ihn nach Neu-Orleans.

Luis Morin nahm mit Freuden das Commando an, welches ihm Mina in der beabsichtigten Expedition anbot, und er schiffte sich mit ihm in Sotola-Marina ein. Die Dienste, welche der junge Franzose der Insurrection während des kurzen und glänzenden Feldzugs von sechs Monaten erwiesen hatte — der so unglücklich beendet wurde durch die Ueberrumpelung des Rancho-del-Venadito — wurden durch den Revolutionscongreß nach ihrem richtigen Werthe geschätzt und trugen ihm, trotz seiner großen Jugend, den Grad eines Oberstlieutenants ein.

Der junge Offizier versuchte vergebens, durch

alle ihm zu Gebote stehenden Mittel, und indem er selbst wiederholt sein Leben auf's Spiel setzte, seinen alten Chef zu retten; aber seine Bemühungen richteten nichts aus und der unglückliche Mina fiel unter den spanischen Kugeln.

Zwei Monate waren seit dieser Katastrophe verflossen, als wir den Oberst Don Luis Morin an der Spitze seiner Cuadrilla von ungefähr dreihundertfünfzig Mann an dem östlichen Ufer des Rio=Grande=del=Norte wiederfinden.

Nach einem kurzen Schweigen, welches zu unterbrechen der Amerikaner sich wohl hütete, hob der Oberst endlich den Kopf empor, neigte sich zu seinem Gefährten und schlug ihm sanft auf die Schulter.

„Was ist das, Don Cristoval," sprach er lächelnd zu ihm, „es scheint mir, daß unsere Rancheros ermüdet sind? Sollten sie sich weigern, mir länger zu folgen?"

„Sie! Herr!" rief dieser erstaunt aus, „sie, die Ihnen so ergeben sind! Voto a brios! was läßt Sie so etwas voraussetzen?"

„Bei Gott! die sonderbare Art, wie Sie mich heute Abend angeredet haben, bei der Furt des Flusses und die verlegene Miene, mit der Sie mich fragten."

„Sie haben sich geirrt, Herr, über meine Absichten und die unsrer braven Rancheros," erwiderte

Don Cristoval mit einer gewissen Lebhaftigkeit, denn er verehrte seinen Chef; „wenn ich mir erlaubt habe, Ihre Gedanken zu unterbrechen, so geschah es, weil es schon spät war, die Leute Hunger hatten und die Pferde nicht mehr fort konnten."

„Ist dies Alles? mein lieber Don Cristoval?" fragte Don Luis, ihn scharf anblickend.

„Ja, auf meine Ehre, mein Oberst, ich schwöre es Ihnen."

„Ich glaube Ihnen, mein Freund. Lassen Sie uns jetzt hiervon abbrechen und auf unsere Angelegenheiten übergehen; „sind Sie ganz sicher des Weges, dem wir nun schon seit fünf Tagen folgen?"

Don Cristoval lächelte schlau und sagte:

„Herr, erlauben Sie mir, Ihnen mitzutheilen, daß ich, bevor ich Parteigänger wurde, Jäger und Gambucino gewesen bin, was so viel bedeutet, als daß ich die Wildniß nach allen Richtungen hin kenne und daß ich sie sowohl bei Tage wie bei Nacht durchstreifen kann, ohne fürchten zu müssen, mich zu verirren."

„Diese Versicherung beruhigt mich, Bester, doch nun wollen Sie so gut sein und mich belehren. Werden wir bald nach Norias-de-Ojo-Lucero kommen? Sie wissen, daß dies das eigentliche und ernste Ziel unsrer Reise ist."

„Wir würden es schon seit langer Zeit erreicht

haben, wenn Sie mir nicht den Wunsch zu erkennen gegeben hätten, nicht früher dort einzutreffen, als bis Sie gewisse Nachricht erhalten hätten."

„Allerdings, daran dachte ich nicht mehr, lieber Don Cristoval, aber das ist jetzt einerlei, welche Entfernung trennt uns noch davon?"

„Siebzehn Meilen, keine mehr, keine weniger, Herr."

Gut, das ist die Aufgabe eines Tagemarsches, nicht mehr."

„Ja, ein guter Marsch; aber wenn wir um Mitternacht, mit Aufgang des Mondes aufbrechen, können wir vor der großen Hitze dort sein."

„Diese Norias — Brunnen — sind wohl immer auf indianischem Gebiet, nicht wahr?"

„Verzeihen, Ew. Herrlichkeit; sie befinden sich im Gegentheil ganz auf christlichem Gebiet; aber entschuldigen Sie, daß ich diese Frage an Sie richte, auf welche Weise sollen Ihnen die Nachrichten zukommen, die Sie erwarten?"

„Oh mein Gott! einfach durch einen indianischen Läufer, der, wie man mir versichert, der Sache der Unabhängigkeit ergeben ist."

Ungeachtet des tiefen Respects, welchen Don Cristoval unter allen Umständen für seinen Chef empfand, schüttelte er dennoch zweifelnd den Kopf und sagte:

„Glauben Sie mir, Ew. Herrlichkeit, die Indianer

sind nur sich selbst und dem Mezcal ergeben, ich kenne dieselben besser als Sie."

"Man bürgt mir für diesen."

"Gott gebe, daß Sie sich nicht täuschen, Herr, für mich aber, der ich ein hijo del pays — ein Kind des Landes — bin, ist ein Indianer stets mit einem Verräther gleich bedeutend gewesen."

In diesem Augenblick theilten sich plötzlich die Zweige eines kaum wenige Schritte von den beiden Sprechern entfernten Gebüsches, ohne das mindeste Geräusch; ein Mann sprang heraus und stand mit einem Satz vor den beiden Parteigängern.

Bei dieser plötzlichen Erscheinung, die sie durchaus nicht erwartet hatten, erhoben sich diese und griffen nach ihren Säbeln.

Ruhig streckte der Unbekannte den rechten Arm aus, mit geöffneter Hand, den Daumen nach indianischer Sitte nach oben gerichtet und sprach mit hohltönender Stimme:

"Amigo de la independencia! — Freund der Unabhängigkeit!" — Darauf kreuzte er die Arme über die Brust und hob den Kopf stolz wieder empor. Er wartete, ohne, wie es schien, die feindselige Stimmung der beiden Parteigänger zu bemerken.

Der Oberst betrachtete den Indianer einen Augenblick mit außerordentlicher Aufmerksamkeit, dann wandte er sich zu seinem Gefährten mit den Worten:

„Ich glaube, daß dieser Mann der Läufer ist, den ich erwarte."

„Es ist möglich, in der That," antwortete kalt Don Cristoval; „Ew. Herrlichkeit kann ihn immer befragen, das verpflichtet ihn zu nichts."

„Das will ich thun."

X.

Der Läufer.

Der vollständige und scharf contrastirende Unterschied, welcher zwischen den Mansos- oder civilisirten Indianern und denen besteht, welche man Bravos oder ungezähmte nennt, ist eine eigenthümliche und charakteristische Thatsache, welche selbst hierdurch bestätigt werden soll.

Die Ersteren, welche ursprünglich durch Muth und Aufopferung in den Missionen durch die Jesuitenväter vereinigt worden sind — deren Leitung in Amerika und auf den Weltmeeren überhaupt, immer über alles Lob erhaben gewesen ist und sich niemals verläugnet hat, haben sich allmählich, gleichsam wider ihren Willen, den Anforderungen und der Disciplin unterworfen, wenn es erlaubt ist, diesen Ausdruck bei einer vollständig außerhalb ihrer Bestrebungen und ihrem Instinct liegenden Civilisation anzuwenden, welche sie demnach zu verstehen nicht fähig sind und der sie weit eher unterliegen, als sie es zugeben.

Die Folge davon ist, daß sie ihren eigenthümlichen Charakter verloren haben, um einen andern anzunehmen, der nur ein Firniß, wenig haltbar, ist und sein kann, womit ihre ursprüngliche Barbarei bedeckt erscheint, und welcher sich abschuppt und verschwindet bei der geringsten Berührung mit dem Leben in der Wildniß.

Diese Thatsache ist übrigens mehr als überflüssig bewiesen worden zur Zeit der unpolitischen Maßregel, welche die Missionen in Mexiko unterdrückt hat. Ungeachtet der fortgesetzten Bemühungen der Jesuiten entschlüpften die kaum für die Gewohnheiten des ruhigen und beständigen Lebens gewonnenen Indianer, welche man so lange zu beugen bemüht gewesen war, wie glückliche Schüler, die von einem zu schweren Joch befreit sind, und Alle, ohne Ausnahme, kehrten in die Barbarei zurück, wo sie in wenigen Monaten die Lehren vieler Jahre vergaßen.

Die Bravos-Indianer dagegen, welche seit den ersten Tagen der Eroberung frei geblieben waren, da sie eine Civilisation verabscheuten, welche für sie nur Raub, Sclaverei und Marter bedeutete, sind noch Das, was sie damals bei der Entdeckung Amerika's waren: stolze, entschlossene Männer, Freiheitsfanatiker, welche die Weißen auf's Aeußerste hassen, die sie mit Recht als ihre unversöhnlichsten Feinde betrachten.

Die wenigen Mansos-Indianer, die man in den

Städten findet, sind arme Elende, herabgekommen durch den Genuß starker Branntweine, welche die Spanier selbst mit den charakteristischen Namen gente sin razon — vernunftlose Menschen — beschimpft haben.

Der Unbekannte, welcher so unvermuthet vor den Parteigängern erschienen, war ein Bravos-Indianer, er verdient eine besondere Beschreibung.

So viel es möglich ist, das Alter eines Indianers zu erkennen, schien dieser noch jung zu sein und noch nicht die Mitte des Lebens erreicht zu haben; seine fast riesige Gestalt überstieg sechs Fuß drei Zoll französisches Maaß; Alles an ihm deutete auf eine ungewöhnliche Kraft, Gewandtheit und Geschmeidigkeit.

Dieser Mann war ein wahrhaftes Modell indianischer Schönheit. Seine hohe und breite Stirn, seine schwarzen Augen, düster wie die Nacht, über welche dichte Brauen sich wölbten, sein etwas großer Mund mit blendenden Zähnen; der Ausdruck seines Gesichts, mit einem Gemisch von Stolz, Tapferkeit, Intelligenz und Schlauheit, Alles an ihm trug den vollkommensten Typus der urwüchsigen Race.

Seine Tracht, die eine der einfachsten war, bestand aus einer blauen Kattunblouse, die um die Hüften durch einen Gürtel von ungegerbtem Damhirschleder gehalten wurde; ein Beinkleid, von demselben Stoff wie die Blouse, fiel etwas über seine

Kniee herab, Mockasins, mit Glasperlen und Stacheln des Stachelschweins verziert, umschlossen seine Füße und einen Theil seiner Beine. Sein Kopf war unbedeckt; sein Haar, von bläulichem Schwarz, auf der Stirn gescheitelt und durch eine Natterhaut gehalten, fiel ungeordnet auf seine Schultern herab. Eine Art Jagdtasche von Pergament, Medicinsack genannt, enthielt seine Vorräthe und hing an einem Riemen über der rechten Schulter an seiner linken Seite; er trüg einen langen Stock in der Hand; außer seinem Messer hatte er keine Waffen weiter, wenigstens schien es so.

Indessen blickte der Colonel, der zum ersten Male ein so schönes Specimen der rothen Race sah, den Indianer mit einem Erstaunen an, welches mit Bewunderung gemischt war.

Endlich winkte er Don Cristoval, seine Fragen zu beginnen; denn es ist nicht so leicht, wie man es sich vorstellt, die Rothhäute zum Sprechen zu bringen; und der Colonel, welcher dies wußte, wagte es nicht, diesen Versuch selbst zu machen, nur behielt er sich vor, sich in's Mittel zu schlagen, wenn es nothwendig sei.

„Sei willkommen unter uns, Jose," begann der Parteigänger; „Du reisest sehr spät, scheint mir? Die Sonne ist lange Zeit untergegangen und Du solltest schlafen. Woher kommst Du also?"

Der Indianer zuckte unmerklich die Achseln, ohne ihn weiter einer Antwort zu würdigen.

„Hast Du mich nicht gehört, Bursche?" fuhr Don Cristoval fort.

„Der Comanchenhäuptling hat einen Spottvogel singen hören, welcher die Worte wiederholt, ohne sie zu verstehen," entgegnete der Indianer mit hohltönender Stimme und höchster Verachtung, „der Häuptling heißt nicht Jose. Die Gachupines, welche er täuscht, sind es, die ihm diesen Namen geben; seine rothen Brüder nennen ihn Mos=ho=ke. Die Bleichgesichter dagegen, die seine Freunde sind, nennen ihn der große Biber."

Nachdem er gleichsam ein Wort nach dem andern von seinen hochmüthigen Lippen hatte herabfallen lassen, erhob der Indianer den Kopf und richtete auf den Ranchero einen feurigen Blick. In demselben Moment ging eine vollständige Veränderung in dem Tone und dem Benehmen Don Cristoval's vor, er erhob sich rasch und begrüßte den Häuptling mit Herzlichkeit.

„Mein Bruder verzeihe mir," sagte er, „ich wußte nicht, daß ich die Ehre hatte, mich an einen so weisen Sachem, an einen so berühmten Krieger zu wenden; es ist das erste Mal, daß ich mit ihm zusammentreffe; mein Bruder wird an meiner Seite Platz nehmen und das Calumet bei der Berathung rauchen."

Der Indianer lächelte, als er diese Worte des Mexikaners hörte, aber er nahm diese Einladung durch ein leichtes Neigen mit dem Kopfe an.

„Der große Biber," antwortete er, „hat viele Tage gebraucht, um den jungen Häuptling, der auf der anderen Seite des Salzsee's geboren ist, zu finden. Er hat versprochen, nicht eher zu ruhen, als bis er mit ihm zusammengetroffen ist. Der große Biber ist ein Häuptling, er wird sein Versprechen halten."

„Wer ist der junge Häuptling, von dem Ihr redet?" fragte Don Luis, indem er sich hier in die Unterredung mischte.

„Der, welcher den weißen Häuptling begleitete, den die Gachupines getödtet haben, und den die Weißen Mina nennen."

„Wenn es so ist, Häuptling," versetzte der Colonel, indem er sich erhob und dem Indianer einige Schritte entgegentrat, „so ist Eure Reise beendet; der Mann, den Ihr suchet, steht vor Euch."

„Mein Bruder beweise es mir."

„Das wird mir leicht sein, wenn auch Ihr der Mann seid, den ich erwarte," gab der Colonel zur Antwort, indem er einen fragenden Blick auf ihn richtete.

Ohne etwas zu erwidern, trat der Indianer

einen Schritt zurück, legte die Hände auf seine
Brust, öffnete seine Blouse, entblößte ein ledernes
Beutelchen, welches an einer Aloeschnur an seinem
Halse hin, schnitt mit seinem Messer die Schnur
durch, öffnete das Säckchen und zog ein viereckig
zusammengefaltetes Papier daraus hervor, welches
er dem Oberst offen überreichte. Dieser nahm und
betrachtete es, bei dem Scheine des Feuers, mit
der ernstesten Aufmerksamkeit; auf diesem Papier
schien sich ein grob ausgetuschtes Bild der Nuestra-
Sennora-de-Guadaloupe zu befinden. Eine der
Ecken war im Zickzack zerrissen, und sieben schein=
bar zufällige Nadelstiche, sah man auf der Krone
und dem Gesichte der Jungfrau; aber diese selt=
samen Zeichnungen hatten ohne Zweifel für den
jungen Mann eine besondere Bedeutung, denn er
machte eine Geberde der Befriedigung und zog
aus seiner Brusttasche ein ganz ähnliches Papier,
weches er dem Indianer zeigte, während er ihm das
erstere zurückgab.

Der Comanche brauchte nur einen Blick darauf
zu werfen, um sich von der Identität der beiden
Bilder zu überzeugen. Seine bisher so kalten
und strengen Gesichtszüge schienen sich plötzlich zu
erhellen, er verneigte sich ehrerbietig vor dem Oberst,
und bot ihm zugleich den Knotenstock dar, den er
in der Hand hielt.

„Oah!" sagte er mit sanfter und einschmeichelnder

Stimme, „mein Bruder ist in der That der junge Krieger, den ich suche, meine Reise ist endlich glücklich beendet. Mein Bruder möge diesen Stock annehmen, der mir von nun an unnütz ist."

Don Luis, der wenig mit den Gewohnheiten der Rothhäute vertraut war, nahm den Stock, ohne dem Benehmen des Indianers irgend welche Wichtigkeit beizulegen.

„Seit wie lange ist mein Bruder, der große Biber, auf meiner Spur?" fragte er.

„Der Mond war zwei Tage alt, als die weißen Häuptlinge den großen Biber zu sich gerufen und ausgeschickt haben, um das Feuerauge zu suchen," erwiderte der Comanche, welcher mit der natürlichen Poesie der Männer seiner Race dem Franzosen diesen Namen gegeben hatte.

„Gut! Mein Bruder ist also sieben Tage unterwegs."

Der Indianer lächelte.

„Der Mond, welcher uns leuchtet, nimmt ab," antwortete er, „der junge Häuptling füge diesen Mond zu dem vorhergehenden und er wird genau die Zahl der Tage haben, die der große Biber unterwegs war, ohne sich anders Ruhe zu gönnen, als ihm durchaus nöthig war, um seine erschöpften Kräfte wieder herzustellen."

„Wie! Mein Bruder ist schon fünfunddreißig

Tage auf der Reise?" rief der junge Mann über=
rascht aus.

„Der große Biber hatte mehre Aufträge aus=
zuführen."

„Ohne Zweifel sind diese Missionen von ihm
erfüllt worden?"

„Sie sind alle besorgt," antwortete er, sich ver=
neigend.

„Und was wird nun der große Biber machen?"

„Er wird bei dem Feuerauge bleiben und
seinen Befehlen gehorchen; das ist der Wunsch der
versammelten Weisen der Bleichgesichter."

„Habt Ihr denn einen Auftrag des Congresses
an mich?"

„Mein Bruder Feuerauge schaue auf seine
Halsbänder, und er wird Alles erfahren, was
er zu wissen wünscht," entgegnete der Indianer sanft
lächelnd.

„Was heißt das Wort Halsbänder?" fragte der
Oberst, der sich verlegen zu Don Cristoval wandte.

„Richtig, Sie sind noch nicht mit den india=
nischen Ausdrücken vertraut;" antwortete dieser
lachend. „bei ihnen bedeutet das Wort Halsbän=
der Briefe, weil sie in der That die Gewohnheit
haben, sich gewisser aufgereihter Körner von ver=
schiedener Farbe als Schrift zu bedienen."

„Sehr gut; allein ich habe diese Briefe noch
nicht bekommen, ich erwarte sie."

11*

„Ihr hört, was der Oberst sagt, Häuptling?" sprach Don Cristoval, indem er sich an den Indianer wandte.

„Die Ohren des großen Biber sind offen, er hat gehört," antwortete dieser.

„Wohlan, was werdet Ihr uns erwidern, Häuptling? Sprecht offen, wie es einem Sachem geziemt, die Lage ist ernst."

„Die Gachupines*) befinden sich in großer Zahl auf dem Kriegspfade," entgegnete der Indianer mit unbeschreiblich triumphirendem Ausdruck, indem er sich erhob und die Hand auf sein Herz legte; „die Tamarindos**) sind noch zahlreicher. Der große Biber ist mehrmals von ihnen angehalten und durchsucht worden, aber er ist ein weiser und berühmter Häuptling in seiner Nation; die Tamarindos haben die Halsbänder trotz ihrer Nachforschungen nicht entdeckt."

„Ihr habt sie also?" rief der Oberst lebhaft aus.

„Ich hatte sie, noch vor wenigen Minuten; aber jetzt sind sie in den Händen des Feuerauges."

„In meinen Händen! Aber Ihr habt mir durchaus nichts übergeben, Indianer, Ihr wollt

---

*) Ein verächtlicher Ausdruck, um die Spanier zu bezeichnen. Er bedeutet buchstäblich Schuhträger.

**) Spanische Dragoner, Tamarindos genannt, wegen der gelben Farbe ihrer Uniform.

offenbar meiner spotten," sprach ungeduldig der Oberst.

„Ein Kriegshäuptling versteht nicht zu lügen; die Comanchen sind Männer; der große Biber hat keine falsche Zunge; die Worte, welche aus seiner Brust kommen, sind immer wahr," antwortete die Rothhaut in etwas hochtrabendem Tone.

„Aber im Namen des Allmächtigen!" rief der junge Mann ungeduldig aus, „ich wiederhole Euch, daß Ihr Euch irrt und mir nichts übergeben habt; Don Cristoval hat es ebenfalls gesehen, er wird es Euch bestätigen."

„Erlauben Eure Herrlichkeit," unterbrach ihn der Parteigänger, „Sie kennen die Indianer noch nicht, da dieser, nach Ihrem eigenen Geständniß der Erste ist, den Sie sehen, und wissen daher auch nichts von ihrer seltsamen Handlungsweise; lassen Sie mich diese Sache ergründen. Diese Rothhaut ist, wie sie sagt, ein berühmter Häuptling, der seine Lippen nicht mit einer Lüge beschmutzen würde; es liegt offenbar ein Mißverständniß vor, welches aufzuklären von Wichtigkeit ist."

„Bei Gott!" meinte der junge Mann, der sich nicht enthalten konnte zu lachen; „Sie müßten sehr schlau sein, mein lieber Don Cristoval, wenn es Ihnen gelingen sollte, mir zu beweisen, daß diese Briefe mir übergeben worden sind."

„Wer weiß? Vielleicht wird mir dies leichter

gelingen, als Sie vermuthen, Herr, laſſen Sie mich nur machen?"

„Ich gebe Ihnen unumſchränkte Vollmacht, lieber Don Criſtoval, um dieſen Verſuch zu machen," ſagte er lachend.

Die Rothhaut rauchte gleichgültig und hatte die Augen auf das Feuer gerichtet, ohne, wie es ſchien, ſich in irgend einer Weiſe um die Debatte zwiſchen den beiden Offizieren zu bekümmern.

Don Criſtoval begann nach einer Weile wieder und ſagte:

„Die Indianer ſind keine Menſchen wie andere, Ew. Herrlichkeit; ſie thun und ſagen niemals etwas Unnützes, ihre unbedeutendſten Worte, ihre ſcheinbar geringſten oder gleichgültigſten Geberden haben immer eine Bedeutung. Was halten Sie da in der Hand?"

„Sie ſehen es, ſcheint mir, — einen Stock."

„Iſt Ihnen dieſer Stock nicht von dem Häuptling gegeben worden?"

„In der That; aber . . . ."

„Warten Sie," erwiderte lebhaft der Parteigänger; „hat Ihnen der Indianer nicht geſagt, als er denſelben in Ihre Hand legte, daß, da ſeine Reiſe beendet wäre, ihm dieſer Stock unnöthig geworden ſei?"

„Allerdings hat er dies zu mir geſagt, aber ich geſtehe Ihnen, daß ich nicht begreife, was dieser Stock mit den Depeschen zu thun hat, deren...."

„Wohlan," fiel ihm der Mexikaner rasch in's Wort; „ich müßte mich sehr täuschen oder dieser Stock enthält, was Sie suchen. Zerbrechen Sie ihn, Herr; Sie werden dann sehen, ob ich richtig gerathen habe."

Der Oberst ließ sich diese Aufforderung nicht wiederholen; er erfaßte den Stock an beiden Enden, bog ihn über sein Knie und zerbrach ihn in zwei Stücke. Der Stock war seiner ganzen Länge nach hohl und enthielt mehre sorgfältig zusammengerollte Papiere, die heraus fielen und in's Gras rollten.

„Was sagen Sie dazu!" rief Don Cristoval freudig aus, „hatte ich Unrecht, Herr?"

Der Indianer zog darauf aus seiner Jagdtasche ein Stück Ocoteholz, zündete es am Feuer an, und steckte es in die Erde vor dem Colonel.

„Da ist eine Fackel, um lesen zu können," sagte er.

Indessen war Don Cristoval aufgestanden und in Folge der Aufforderung des Obersten, zu seinen Gefährten zurückgekehrt; dort wickelte er sich in seinen Mantel, und legte sich neben sie; einige Minuten später überließ er sich dem Schlafe.

Nur noch drei Männer wachten im Lager: ein Wachtposten, der über die gemeinsame Sicherheit wachte, der Indianer, welcher rauchend vor dem

Feuer lauerte, die Ellbogen auf seine Kniee gestützt und den Kopf in den Händen, und der Oberst, welcher aufmerksam seine Depeschen las.

Als der Letztere mit Lesen fertig war, steckte er sorgsam die Briefe in sein Portefeuille, dann fuhr er mit der Hand über seine Stirn, als wollte er lästige Gedanken verscheuchen, und wandte rasch den Kopf nach dem Indianer; die Augen des Häuptlings waren mit einem seltsamen Ausdruck auf ihn gerichtet.

„Feuerauge will mit mir sprechen," sagte die Rothhaut, indem sie mit forschendem Blick um sich schaute, „doch vor Allem höre er mich, denn jetzt, wo alle Ohren geschlossen sind, muß ich ihm die Worte eines Freundes wiederholen."

„Redet, Häuptling, ich schenke Euch die ernsteste Aufmerksamkeit," sagte der junge Mann.

Der Indianer stand auf, machte nach verschiedenen Richtungen einige Schritte, als suchte er sich zu überzeugen, daß ihn Niemand hören konnte, und kehrte dann, offenbar befriedigt von dem Resultat seiner Besichtigung, zu dem Feuer zurück, wo er sich gemächlich wieder niedersetzte.

„Vernehmt, was der Freund Feuerauge's spricht," sagte er mit leiser Stimme: „die Hälfte meines Herzens fehlt mir, die geliebte Taube ist verschwunden, wird mich mein Freund im Schmerz verlassen?"

„Wer hat Euch aufgetragen, mir diese Worte zu wiederholen, Häuptling?" rief der junge Mann in großer Aufregung.

„Mein Bruder ist rasch, er liebt seinen Freund, das ist gut," fuhr der Häuptling ruhig fort; „der große Biber liebt Incarnacion Ortiz ebenfalls, er ist ein tapferer Krieger, die Gachupines fürchten ihn, der große Biber wird Feuerauge beistehen, Incarnacion Ortiz zu unterstützen."

„Sprecht Ihr denn von Incarnacion Ortiz, Häuptling, um des Himmels willen, verbergt mir nichts; sollte ihm ein Unglück zugestoßen sein?"

„Er selbst wird dem bleichen Häuptling sagen, was vorgefallen ist; der große Biber ist eine unwissende Rothhaut, er hat keine weiße Zunge im Munde und weiß nicht zu sprechen, noch sich zu erklären wie die Weißen."

Das Gespräch, welches der Oberst vorher mit dem Indianer gehabt, hatte ihm nur zu sehr die Nutzlosigkeit gezeigt, ihn zu befragen, wenn er sich nicht deutlicher erklären wollte, deshalb verweilte er trotz seiner Unruhe und Neugierde wenigstens scheinbar bei diesem Gegenstand, hielt es jedoch für zweckmäßiger, auf einem Umwege darauf zurückzukommen.

„Also," begann er mit der gleichgültigsten Miene, die er annehmen konnte, „der Congreß hat den Comanchenhäuptling beauftragt, mir als Führer zu dienen bis zu dem Vereinigungspuncte."

„Dah! der große Biber hat sich verpflichtet, dies zu thun, und er wird sein Versprechen halten."

„Dank, Häuptling, ich rechne auf Eure Kenntniß des Landes, in dem wir uns befinden, um mich den kürzesten Weg nehmen zu lassen."

„Die Vögel fliegen in gerader Linie, ebenso geht der große Biber, sobald er auf dem Kriegspfade ist."

„Und sagt mir, Häuptling, wird unter den weißen Kriegern, die sich bei der Zusammenkunft einfinden werden, auch Incarnacion Ortiz sein?"

„Incarnacion Ortiz wird kommen; Feuerauge wird ihn sehen."

„Wenn wir uns jetzt auf den Weg machten, Häuptling, würdet Ihr genug ausgeruht haben, um uns zu führen?"

Der Comanchenhäuptling lächelte verächtlich und zog sogleich seinen Gürtel, den er, als er sich niedersetzte, etwas gelockert hatte, fester an.

„Der große Biber kennt keine Müdigkeit," sagte er, „sobald seine Pflicht es fordert, wird ihn nichts zurückhalten."

„Wenn es so ist, wollen wir uns wieder auf den Weg machen; es ist Mitternacht vorüber, Pferde und Leute haben ausgeruht, nichts hält uns länger hier zurück."

„Ich bin bereit; Feuerauge befehle, er ist der Häuptling des großen Bibers."

Der Oberst erhob sich, ohne länger zu warten; weckte Don Cristoval und befahl ihm, die Rancheros zu benachrichtigen und Alles zur Abreise vorzubereiten. Die armen Teufel waren erschöpft vor Müdigkeit. Sie hatten mit unbeschreiblicher Freude dem Augenblick entgegen gesehen, wo sie Halt machen würden; dennoch standen sie auf, ohne das leiseste Murren und sattelten ihre Pferde. Sie sahen ein, daß ihr Chef wichtige Gründe haben mußte, um sie zu veranlassen, so plötzlich und gerade im besten Augenblick ihres Schlafes wieder aufzubrechen.

Eine halbe Stunde später verließen die Rancheros, von dem großen Biber geführt, ihr Lager und gingen schweigsam, ihre Pferde am Zügel leitend, den etwas steilen Abgang des Hügels hinab. In der Ebene angekommen, sprangen sie in den Sattel und ritten im Galopp davon; sie glichen in der Nacht einer Truppe jener schwarzen Gespenster der scandinavischen Legenden, welche in den neblichten und kalten Winternächten furchtbar und schweigsam in den Wäldern Norwegens umherirren.

———

XI.

Das Scharmützel.

Die Nacht war finster, die Hitze erstickend; die Wolken zogen schwer über den Himmel; Myriaden von Musquitos schwärmten in der Luft mit unerträglichem Gesumme; die Zweige der Bäume krachten ohne scheinbare Ursache, geheimnißvolles Murmeln zog durch den Raum; von Zeit zu Zeit fielen dicke Regentropfen auf die Blätter mit unheimlichem Geräusch; Alles verkündete einen nahenden Sturm.

In trüber Stimmung ritten die Rancheros weiter, sie leiteten mit Mühe ihre ermüdeten Pferde, welche bei jedem Schritte über die Kiesel des Weges stolperten.

Nur der große Biber setzte seinen Weg mit eben so großer Sicherheit fort, als ob die Sonne am Himmel leuchtete; niemals machte er Halt, niemals zauderte er; er begnügte sich damit, die Rinde der Bäume mit der Hand zu befühlen; dieses so leichte Merkmal genügte ihm, in Ermangelung des Gesichts, um zu wissen, ob er dem richtigen Wege folgte.

Mehre Flüsse kreuzten sich auf dem Wege der Cuadrilla und wurden passirt, ohne daß jemals der Führer die Furt verfehlte, auf welche er stets mit überraschendem Scharfsinn traf.

Gegen Morgen indessen schien das Gewitter, welches gedroht hatte, auszubrechen, allmählich sich zu zerstreuen; der Himmel klärte sich auf: der Morgenwind erhob sich, und erfrischte die heiße Atmosphäre.

Die Rancheros fühlten ihren Muth wiederkehren, sie richteten sich in ihren Sätteln in die Höhe, vergaßen ihre Ermüdung und tauschten mit leiser Stimme heitere Scherzreden mit einander aus.

Don Luis Morin und Don Cristoval ritten an der Seite des Führers; dieser, welcher wider seinen Willen dem anziehenden Einfluß des jungen Mannes unterlag, hatte nach und nach seine indianische Schweigsamkeit abgelegt und sprach und lachte, wie wenn er sich in der Mitte alter Freunde befunden hätte.

Don Cristoval, welcher an das Leben der Wildniß gewöhnt war und den zurückhaltenden und mißtrauischen Charakter der Rothhäute kannte, die, wenngleich heiter und sorglos von Natur, sich niemals vollkommen und hauptsächlich in Gegenwart von Fremden der Freude überlassen, sondern stets ein gewisses Decorum bewahren, wußte nicht wie er die freudige Laune des Häuptlings deuten sollte, der nicht allein auf die an ihn gerichteten Scherzreden antwortete, sondern durchaus keinen Anstand nahm, selbst solche zu machen, sobald sich die Gelegenheit dazu darbot.

Die Rancheros setzten also ihre Reise in dem besten Einvernehmen fort. Don Luis beschloß, obwohl er ungeduldig war, seine Freunde bald zu erreichen, um neun Uhr Morgens seiner Truppe einige Stunden Erhohlung zu gönnen, bis die größte Sonnenhitze vorüber war, damit seine Reiter ihre durch die seit einigen Tagen beständigen Strapazen erschöpften Kräfte wieder herstellen konnten.

Auf Befehl des Capitains machte die Truppe Halt und schlug ihr Lager am Ufer des Rio-Bravo-del-Norte auf, gegenüber einer Furt, welche der Führer entdeckt hatte.

Diese Furt befand sich ein Wenig oberhalb von Paso-del-Norte, wohin der Oberst, der die seit einigen Tagen vorgefallenen Ereignisse nicht kannte, seine Truppen zu führen beabsichtigte; dort, oder wenigstens in der Umgegend des Pueblos glaubte er seine Freunde zu treffen.

Der Ort war zu einem Haltepunct für einige Stunden vortrefflich gewählt, die hohen Zweige der Bäume verbreiteten einen wohlthuenden Schat-

Bett dar, welches zum Schlummern einlud. Die Rancheros sattelten ihre Pferde ab, gaben ihnen ihr Maisfutter auf Decken und nachdem diese Pflicht erfüllt war, dachten sie an sich selbst. Jeder richtete sich so bequem wie möglich ein; die Alfarjas wurden geöffnet, die Lebensmittel auf das Gras ausgebreitet und man frühstückte in heiterster Stimmung.

Don Luis, Don Cristoval und der große Biber, welchen der Oberst eingeladen hatte, seine Mahlzeit zu theilen — eine Ehre, die dem Häuptling sehr schmeichelhaft war, da sie ihm zeigte, wie sehr der junge Offizier ihn schätzte — aßen mit einander an einem etwas abseits gelegenen Platze.

Die Lebensmittel waren in Wahrheit von einer urwüchsigen Einfachheit; sie bestanden aus einigen Maistortillas, einem Stück gebratenen Wildpret, einigen unterwegs gepflückten Beeren und einem Glase Refino; aber diese Mahlzeit war gewürzt durch den Appetit der Gäste: das Beste aller Gewürze, denn es besitzt den unschätzbaren Vortheil, die unschmackhaftesten Gerichte immer schmackhaft erscheinen zu lassen.

Nachdem die Lebensmittel verschwunden, und die Cigaretten geraucht waren, richtete sich Jeder so gut wie möglich zum Schlafen ein, nur der

Leib und machte eine Bewegung, als wollte er sich entfernen.

„Wollt Ihr Euch nicht ausruhen, Häuptling?" fragte ihn der Oberst.

„Nein," antwortete der Indianer, „der große Biber wird wachen, er hat dem Freunde Feuerauge's versprochen, den jungen Häuptling frisch und gesund ihm zuzuführen."

„Ich danke Euch für Eure Ergebenheit, Häuptling, aber in diesem Augenblicke halte ich sie für unnütz; unsere Wachtposten genügen, uns zu schützen."

„Der große Biber wird etwas für die Abendmahlzeit jagen, zugleich wird er den Weg ausforschen, wie dies zu thun seine Pflicht ist."

„Nach Eurem Gefallen, Häuptling; was mich anbetrifft, so fühle ich, daß mir die Augen zufallen, und so werde ich schlafen."

„Gut! mein Bruder wird ruhen, um seine Kräfte wieder herzustellen; Mos-ho-ké kehrt zurück, sobald die Sonne den Schatten der großen Bäume bis zu der Wasserlinie des Flusses ausdehnt."

„Abgemacht, Häuptling; allein vor Allem entfernt Euch nicht zu weit."

Der Waldläufer lächelte und ohne zu antworten, schritt er auf die Furt zu; die Parteigänger sahen ihn den Fluß passiren, dessen Wasser ihm nur bis an den Gürtel reichte.

Der Oberst hatte dem Indianer ein Pferd geben lassen, allein dieser zog es vor, sich desselben bei dieser Gelegenheit nicht zu bedienen, weil er offenbar glaubte, auf diese Weise besser einer Spur folgen zu können, wenn er bei seinem Ausflug eine solche entdecken sollte.

Außer zwei oder drei Wachtposten, die hier und dort vertheilt standen, schliefen sämmtliche Rancheros a pierna suelta, wie man im Spanischen sagt, ein Ausdruck, den wir im Französischen „mit geballten Fäusten" wiederzugeben pflegen.

Gegen drei Uhr Nachmittags fühlte der Oberst, daß sich leise eine Hand auf seine Schulter legte. So leicht die Berührung auch war, so genügte sie dennoch, den jungen Mann zu wecken, der sogleich die Augen aufschlug und sich aufrichtete.

Mos=ho=ké stand ruhig vor ihm; zu seinen Füßen lagen zwei Bisamschweine, der Ertrag seiner Jagd.

„Ah, Ihr seid es, Häuptling," sagte der Oberst, indem er ein letztes Gähnen unterdrückte, „glaubt Ihr, daß es schon Zeit zum Aufbruch sei?"

Ohne eine andere Antwort zu geben, deutete der Indianer auf die am Horizont sinkende Sonne.

„Allerdings, Ihr seid pünctlich," fuhr er fort, „habt Dank. Ich will sogleich Befehl geben, zum

„Nein," sagte er, indem er mit seinem rechten Arm einen Kreis beschrieb, „es sind zu viel Ohren offen im Walde."

„Fürchtet Ihr eine Gefahr, Häuptling!"

„Die Gefahr ist der Freund der tapfern Männer; sie kommt immer zu ihrer Zeit, ohne daß man sie erwartet. Vorsicht ist gut auf dem Kriegspfade. Der große Biber wacht: mögen die Flinten meiner Freunde geladen sein."

„Bei Gott! sie sind es immer."

„Gut, sie werden vielleicht nach Sonnenuntergang arbeiten müssen; die Krieger mögen sich vorbereiten, es ist Zeit zum Aufbruch."

Die zweideutigen Worte des Häuptlings gaben dem Oberst stark zu denken; aber er hielt es für vorsichtig, dem versteckten Rath, welchen ihm der Läufer gab, zu folgen, überzeugt, daß der Augenblick zum Handeln gekommen sei. Wenn die Gefahr, auf welche er hindeutete, wirklich existirte, würde er nicht zögern, sich deutlicher gegen ihn zu erklären.

Dem Rathe des Führers gemäß wurden die Rancheros geweckt, ohne durch die Trompete zusammen gerufen zu werden: was eine geringe Verzögerung verursachte, so daß, bis die Truppe im Sattel saß, und sich in Marsch setzen wollte, eine ziemlich lange Zeit verstrich; es war bereits vier Uhr vorüber.

Der Läufer, dem man sein Pferd zugeführt hatte, setzte sich an die Spitze des Detachements, um die Furt zu sondiren und die Reiter sicher zu leiten.

Der Fluß war leicht zugänglich; der Uebergang ging ohne Hinderniß vorüber und bald befand sich die ganze Cuadrilla wieder auf wirklich mexikanischem Gebiet; denn zu dieser Zeit war das Ufer, welches sie verließen, obwohl öde und gänzlich den Verwüstungen der Bravos=Indianer überlassen, in die spanischen Besitzungen eingeschlossen, und machte einen Theil des Vice=Königreichs von Neu=Spanien aus.

Auf Befehl des Obersten machte die Cuadrilla, nachdem sie den Fluß passirt hatte, einige Minuten Halt, um die Reihen wieder herzustellen, dann ritt man im Galopp weiter, die gewöhnliche Gangart der mexikanischen Pferde.

In diesem Augenblick neigte sich Mos=ho=kó an das Ohr des Colonels und deutete mit dem Finger auf einen in geringer Entfernung befindlichen Chaparral, welchen die Truppe bald erreichen mußte.

„Der bleiche Häuptling sei hier auf der Hut,“ flüsterte er mit leiser Stimme.

„Was wollt Ihr damit sagen, Häuptling,“ fragte der junge Mann.“

„Eine Spur!"

„Dah! Höchstens vier Meilen von hier."

„Ich verstehe nicht," sagte der Oberst, indem er sich zu Don Cristoval wandte.

„Er will sagen, daß er die Spuren gewisser Individuen entdeckt hat."

„Ah! sehr gut; und was ist dies für eine Spur," fuhr er, zu dem Häuptling gewandt fort.

„Es ist eine Kriegsspur; die Pferde sind beschlagen; sie gehören den Bleichgesichtern an."

„Ohne Zweifel sind es unabhängige Rancheros, an denen es hier nicht fehlt, ihre Cuadrillas occupiren die ganze Provinz."

Der Indianer schüttelte den Kopf.

„Nein," antwortete er, „es sind Gachupines."

„Spanier?"

„Ja."

„Und welcher Richtung folgen sie?"

„Der, welche der unsrigen entgegengesetzt ist."

„Also kommen sie hierher?"

„In einer Stunde werden sie vor uns sein?"

„Wer können diese Leute sein?"

„Der große Biber weiß es."

„Ihr habt sie gesehen?"

„Ja."

„Und wer sind sie?"

„Es ist die Cuadrilla des Mannes, den die Weißen Don Horacio de Balboa nennen."

„Unmöglich, Häuptling, Ihr irrt Euch."

„Der große Biber irrt sich nie."

„Man benachrichtigt mich in den Depeschen, welche Ihr mir gebracht habt, daß Don Horacio de Balboa, im Paso=del=Norte durch Incarnacion Ortiz überrascht, eine vollständige Niederlage erlitten und seine Banditentruppe sich zerstreut hat."

„Allerdings sind die Coyoten von den Jaguaren eingeräuchert worden: aber sie haben sich wieder gesammelt, der große Biber weiß es. Er hat sie zweimal gesehen; daß erste Mal, bevor er mit dem Feuerauge zusammentraf und das zweite Mal heute. Mein Bruder möge wachen, sie sind zahlreich."

„Was liegt mir an diesen Buben; sie werden vor meinen tapfern Gefährten nicht Stand halten."

„Vielleicht wäre es vorsichtiger, sie zu vermeiden? Was leicht geschehen könnte."

„Nein, Blut Gottes! Ich werde über ihre Leiber hinwegschreiten."

„Feuerauge hat zu gebieten."

„Ich würde mich schämen, wenn ich meinen Weg um solcher Elenden willen ändern sollte."

„Wenn dies Feuerauge's Absicht ist, so muß er sogleich die Maßregeln treffen, welche die Vorsicht erheischt."

„Ihr habt Recht, Häuptling; Don Cristoval,

Ihr werdet eine Avantgarde von vierzig Mann bilden und Kundschafter zu beiden Seiten der Colonne aussenden. Vollständige Stille herrsche in den Reihen und Jeder sei zum Kampfe bereit; der Feind ist vor uns."

Don Cristoval führte die Befehle seines Chef's mit solcher Schnelligkeit aus, daß kaum fünf Minuten verflossen waren, als die Cuadrilla in bester Ordnung und auf jedes Ereigniß gefaßt in den Chaparral drang.

Die Hoffnung auf eine nahe Schlacht hatte die Rancheros die gehabten Beschwerden vollständig vergessen lassen und ihnen alle ihre sorglose Heiterkeit wieder gegeben.

"Nun," sagte der Läufer, indem er vom Pferde stieg und dasselbe dem ihm zunächst haltenden Soldaten anvertraute, "wird der große Biber den Pfad seiner weißen Freunde erkunden und sie von der Annäherung des Feindes benachrichtigen durch den dreimal wiederholten Ruf des Wassersperbers."

"Geht, Häuptling, und habt Dank," antwortete der junge Mann herzlich.

Der Indianer glitt durch die Bäume des Chaparrals und war bald verschwunden.

Die Cuadrilla setzte langsam und mit Vorsicht ihren Weg fort.

"Man muß gestehen, daß diese Indianer etwas

Gutes haben und ergebene Geschöpfe sind," bemerkte der Colonel zu seinem Lieutenant.

„Ja, Denen ergeben, die sie lieben," antwortete Don Cristoval lächelnd.

„Bei Gott! so meinte ich es auch nur," erwiderte der junge Mann in demselben Tone.

Ein Chaparral ist ein niedriger Wald, welcher große Aehnlichkeit mit den Maquis der Insel Corsika hat; dasselbe Dickicht, dasselbe Gewirre von Bäumen und Pflanzen und in Folge dessen ebenso schwierig zu passiren.

Auch gelang es den Rancheros nur außerordentlich schwer, ihre Reihen einzuhalten und ihre Pferde nicht allein vor dem Straucheln, sondern selbst vor dem Sturz zu bewahren, da sich ihnen bei jedem Schritte Hindernisse entgegenstellten.

Indessen glückte es dieser Truppe auserlesener Reiter, nach wunderbarer Anstrengung, den größten Theil des Chaparral ohne ernsten Unfall zurückzulegen, und durch eine zufällig entstandene Lichtung zwischen den Bäumen bemerkten sie den Anfang der Savanne.

Die sehr tief am Horizonte stehende Sonne war dem Untergang nahe; sie glich einer rothen kupfernen Kugel und war ohne Kraft und ohne Wärme; man mußte sich beeilen, vor Einbruch der Nacht aus dem Chaparral zu gelangen, da dieselbe in diesen Gegenden gleichsam unmittelbar dem Tage folgt.

In dem Augenblick, wo die Cuadrilla an die äußerste Grenze des Gehölzes gelangt, die Ebene betreten wollte, deren hohe Gräser man in der Ferne wogen sah, obgleich kein Lüftchen sich regte; ließ sich plötzlich der Schrei des Wassersperbers vernehmen, dem fast unmittelbar ein Schuß und und ein Angstruf folgte. Die Rancheros machten in lebhaftester Unruhe Halt.

Was ging in der Ebene vor? — die gänzlich öde erschien.

Wer hatte diesen Schuß abgefeuert?

War der Waldläufer vom Feinde überrascht, getödtet worden?

Welchen Entschluß sollte man fassen!

Sollte man weiter vordringen oder den Rückzug antreten?

Alle schwebten in außerordentlicher Angst.

Da ertönte plötzlich ein durchdringendes Triumphgeschrei in kurzer Entfernung vor ihnen; man vernahm rasche Fußtritte, die hohen Gräser theilten sich gewaltsam und der Führer erschien. Er hielt in der einen Hand seine Flinte, in der andern schwang er einen blutigen Scalp."

„Gott sei gelobt!" rief der Oberst, als er ihn erblickte, „er ist unverletzt!"

„Die Gachupines sind da!" sagte der Häuptling, indem er seinen Arm ausstreckte; „der große Biber hat einem ihrer Kundschafter den Scalp genommen."

Es war keine Zeit zu verlieren mit Erklärungen, man mußte augenblicklich einen Entschluß fassen.

Der Oberst zauderte nicht.

Die Rancheros stellten sich auf der Grenze des Waldes in Schlachtlinie auf, während eine Reserve von hundert Mann, unter Don Cristoval's Befehl, durch das Gehölz gedeckt blieb, bereit, auf das erste Signal ihres Chef's da Hülfe zu bringen, wo man sie am meisten bedurfte.

Eine halbe Stunde verging, in der die Rancheros unbeweglich, ruhig und schweigsam blieben.

So tapfer Soldaten auch sind, so gewöhnt sie auch sein mögen, dem Tode zu trotzen, so geschieht es doch niemals ohne ein gewisses nervöses Beben, welches unabhängig von ihrem Willen ist — eine letzte Verwahrung der Materie gegen das geistige Wesen — das sie sich zu einem Kampfe vorbereiten, den sie als einen erbarmungslosen kennen.

Die Independanten gewährten eben so wenig wie die Spanier Gnade in diesem gottlosen Kriege der Brüder gegen Brüder; das Vae victis! hatte seine furchtbare Deutung: man muß siegen oder sterben!

Einige zwanzig Reiter waren etliche fünfzig

Schritte als Kundschafter vorausgesandt, um die Annäherung des Feindes zu melden.

Plötzlich vernahm man ein ziemlich lebhaftes Flintenfeuer; die kräftig zurückgeworfenen Plänkler eilten in wilder Unordnung herbei; um sich hinter dem Hauptdetachement wieder zu bilden; während die Reiter, welche sie verfolgten und bei ihrem Erscheinen durch ein wohlgenährtes Feuer empfangen wurden, plötzlich ihre Pferde wandten, im Galopp zurücksprengten und einige der Ihrigen auf dem Terrain zurückließen.

Die Situation trat bestimmt hervor, das Gefecht drohte heftig zu werden.

Der Colonel, welcher sich beschämt fühlte, den Angriff so ruhig abzuwarten, — eine stets ungünstige Position in einem Kampfe der Reiterei, — ließ seine Truppe eine Colonne bilden und zum Angriff blasen, während seine Reserve, vom Walde gedeckt, im Hinterhalt blieb. So warf er sich dem Feinde entgegen mit dem tausendfältig wiederholten Rufe:

„Mexico y independencia!" den die Rancheros aus vollem Halse ertönen ließen.

Der Führer hatte sich nicht geirrt; die Cuadrilla, gegen welche Don Luis Morin scharmuzirend vordrang, war in der That die, welche der Capitain Don Horacio de Balboa befehligte.

Durch welche seltsame Laune des Zufalls befand

sich dieser Mann, den wir einige Tage vorher durch die Cuadrilla des Incarnacion Ortiz in Paso=del=Norte so gänzlich vernichtet sahen, daß er nur mit großer Mühe und mehr als halb verbrannt, fast allein aus den rauchenden Trümmern des Pueblo entkam, jetzt wieder und in so kurzer Zeit an der Spitze einer zahlreichen Truppe von Parteigängern? Das ist ein Geheimniß, welches uns, wenigstens für jetzt, unmöglich ist zu entdecken.

Aber die Thatsache war nicht zu läugnen.

Der Weg, den der spanische Parteigänger eingeschlagen hatte und der nur in die Wildniß der Apacheria führen konnte, war ein zweiter Gegenstand des Erstaunens und der Auslegung für den Oberst.

Das Interesse eines so klugen Mannes wie Don Horacio, für welchen Krieg nur Plünderung bedeutete, hätte ihn im Gegentheil nach dem Mittelpuncte Mexiko's treiben sollen, wo es an Rancherias, Haciendas und kleinen Städten keineswegs fehlte, die leicht zu plündern waren und, da sie fast gänzlich ohne Vertheidigung blieben, den sogenannten spanischen Parteigängern großen Gewinn boten. Aber die Apacheria, die Wildniß? Welche Anziehungskraft konnte diese für Don Horacio haben? Würden die einzigen Gäste der Savannen, die Commanchen, die Sioux, die

Apachen und viele andere wilde Nomaden=Indianer, die herumziehenden Besitzer dieser unermeßlichen Gebiete, ihm diese Reichthümer verschaffen, nach denen er so begierig war und welche er selbst durch die grausamsten Mittel zu erreichen suchte?

Dies war ein anderes Problem, ebenso unmöglich zu lösen wie das erste.

Es war offenbar, daß der Capitain Don Horacio, indem er diese Richtung nahm, einen finstern Zweck verfolgte; dieser Mann, der bis auf's Mark verderbt war, konnte keinen andern haben; aber was für ein Zweck war dies?

Seltsam, alle diese Gedanken fuhren dem jungen Colonel durch den Kopf, während er an der Spitze seiner Cuadrilla den Feind tapfer angriff, und ohne daß er sich darüber Rechenschaft ablegen konnte, nahmen sie ihn lebhaft in Anspruch.

Warum?

Er hätte es nicht zu erklären vermocht.

Noch nie war er mit diesem Manne in Berührung gekommen und demnach hätten dessen Handlungen, welche dieselben auch waren, ihm gleichgültig sein müssen.

Dennoch, wir wiederholen es, war er beunruhigt, ja mehr als das, er fühlte eine geheime Angst sein Herz zusammenpressen.

War dies eine Ahnung?

Aber warum diese Ahnung in Bezug auf einen unbekannten Mann? Das versuchte er vergebens zu enträthseln.

Der Capitain war beschäftigt, den Rapport seiner Plänkler entgegen zu nehmen, als er plötzlich durch ein Geräusch, dem Rollen des Donners ähnlich, unterbrochen wurde.

Es war das Feuer der Rancheros.

Don Horacio, wenngleich Bandit, war nicht weniger ein tapferer Soldat und erfahrener Offizier.

Gezwungen, die Ladung zu empfangen, anstatt sie selbst zu geben, legte er seine Reiter in das Gehau zu beiden Seiten des Weges und ließ nur eine Schutzwand von Parteigängern auf dem Wege stehen, um den Feind zu täuschen.

Seine Cuadrilla bestand aus vierhundert Mann ungefähr; sie war, der Zahl nach wenigstens, dem Detachement der Independanten überlegen.

Der Capitain Don Horacio führte einen geschlossenen Palankin mit sich, welcher aller Wahrscheinlichkeit nach Etwas verbergen mußte, sei es Mann, Weib oder kostbare Waaren; denn sechszig Reiter waren mit seiner besondern Bewachung betraut und hatten die Ordre, was auch geschehen mochte, sich nicht einen Schritt von demselben zu entfernen.

Dieser Palankin und dessen Escorte war in dem

dichtesten Gehölz verborgen, und befand sich unter den Augen des Capitains, welcher ihn ebenfalls nicht aus dem Gesicht verlieren wollte.

Kaum waren diese Dispositionen getroffen, als die Rancheros in Sturmeseile herankamen und in ihrem wüthenden Lauf jedes Hinderniß, das sich ihnen auf ihrem Wege entgegenstellte, niederwarfen.

Aber mit jener Unfehlbarkeit des sichern Blickes, welche den wahren Militair charakterisirt, hatte Don Luis die Schlachtordnung des Capitains errathen und darnach seinen Angriffsplan geändert.

Als die Rancheros auf die Parteigänger eindrangen, theilten sich ihre Truppen mit außerordentlicher Gewandtheit in drei Detachements. Während das Centrum fortfuhr, ungestüm auf den Feind einzudringen, lenkten die Flügel zu beiden Seiten ab und stürzten mit geschwungenem Säbel auf die in dem Gehau im Hinterhalt liegenden Reiter los, welche, da sie ihre Feinde zu überraschen gedachten, auf diesen heftigen Angriff nicht vorbereitet und in Folge dessen bald in Verwirrung gebracht waren.

Das Handgemenge wurde entsetzlich; auf beiden Seiten herrschte gleiche Tapferkeit, die Erbitterung, durch den Haß der Nationen erregt, erreichte ihren höchsten Grad.

Die Anfangs von diesem wüthenden Angriff überraschten Parteigänger hatten sich wieder gesammelt und kämpften mit der Energie der Verzweiflung.

Es ließ sich unmöglich voraussehen, auf welcher Seite der Vortheil bleiben würde.

Der Führer näherte sich dem Oberst und zeigte den Palankin, der ruhig unter der Obhut seiner Escorte im Schatten des Waldes stand.

„Dort!" sagte er lakonisch zu ihm.

Don Luis schaute nach der Stelle, die ihm der Indianer bezeichnete, und ohne den Grund zu verstehen, errieth er die Wichtigkeit, welche Don Horacio an die Erhaltung dieses geheimnißvollen, so sorgfältig bewachten Palankins knüpfte.

Er winkte einem seiner Offiziere, sagte ihm leise einige Worte und sammelte etliche zwanzig Rancheros um sich, mit denen er einen Angriff auf die Escorte machte, die bis zu diesem Augenblick sich nicht an dem Kampfe betheiligt hatte.

Bald concentrirte sich das ganze Interesse des Kampfes um den Palankin; die Rancheros suchten sich desselben zu bemächtigen und die Parteigänger verdoppelten ihre Anstrengungen, ihn zu vertheidigen.

Don Horacio schien sich überdies zu vervielfältigen; er that Wunder der Tapferkeit, die einer bessern Sache würdig gewesen wären, als die, welche er stützte.

Durch eine geschickt ausgeführte Bewegung war es dem Capitain gelungen, die Rancheros vollständig einzuschließen, die nun zu gleicher Zeit Angreifer und Angegriffene waren.

Das Handgemenge konnte nicht lange so fortdauern; schon begann der Vortheil sich auf die Seite der Parteigänger zu neigen, als plötzlich der gewaltige Ruf ertönte: Mexico! Mexico! independencia! und eine frische Truppe, von Zorn und Enthusiasmus berauscht, sich mit unwiderstehlicher Gewalt auf die Kämpfenden warf.

Es war Don Cristoval, der, von dem Führer benachrichtigt, seinen Hinterhalt verlassen hatte und seinem Oberst zu Hülfe geeilt war.

Diese Verstärkung, welche gerade zur rechten Zeit kam, änderte sogleich die Gestaltung des Kampfes; die nach allen Seiten zerstreuten und zurückgetriebenen Parteigänger verloren den Muth und dachten an den Rückzug.

In diesem Augenblick theilten sich die Vorhänge des Palankin, ein reizender Mädchenkopf wurde sichtbar und eine melodische Stimme, welche Don Luis zu erkennen glaubte, rief im Tone der heftigsten Verzweiflung:

„Zu mir, zu mir! Zu Hülfe Rancheros! Ich bin Mexikanerin! Ich bin die Tochter....."

Don Luis konnte nichts mehr verstehen, der Capitain war auf den Palankin losgestürzt, hatte das junge Mädchen roh zurückgestoßen und die Vorhänge geschlossen.

„Vorwärts, Kinder, laßt uns dieses junge Mädchen retten!" rief der Oberst.

„Vorwärts! vorwärts!" wiederholten die Rancheros und folgten ihm nach.

Aber ihre Anstrengungen waren vergebens; Don Horacio hatte Zeit gehabt, seine Parteigänger um sich zu sammeln, und wie ein Tiger in den letzten Zügen, der aber seine Niederlage nicht annimmt, war er Schritt für Schritt, immer seinem Feinde die Stirn bietend, zurückgewichen, und in das undurchdringliche Gewirr des Waldes gedrungen.

Es würde eine große Thorheit gewesen sein, ihm zu folgen: die Nacht war hereingebrochen, tiefe Finsterniß hüllte die Erde ein; wieder ihren Willen waren die Rancheros genöthigt, inne zu halten, und auf dem mit spanischen Leichnamen bedeckten Schlachtfelde ihr Lager aufzuschlagen.

Ueberdies müssen wir den Rancheros die Gerechtigkeit widerfahren lassen, zu bekennen, daß sie tapfer ihre Pflicht gethan hatten. Von Müdigkeit überwältigt, bedurften sie unumgänglich einige Stunden der Ruhe.

Nachdem der Oberst nach verschiedenen Richtungen Kundschafter ausgesandt hatte, um sicher zu sein, daß der Rückzug der Parteigänger wirklich stattgefunden hatte, ließ er alle Vorbereitungen für die Nacht treffen.

Ende des ersten Theiles.

Druck von Oswald Kollmann in Leipzig.